北鎌倉の豆だぬき

売れない作家とあやかし四季ごはん

和泉 桂

SH
SKYHIGH文庫

目次

KITAKAMAKURA NO MAMEDANUKI

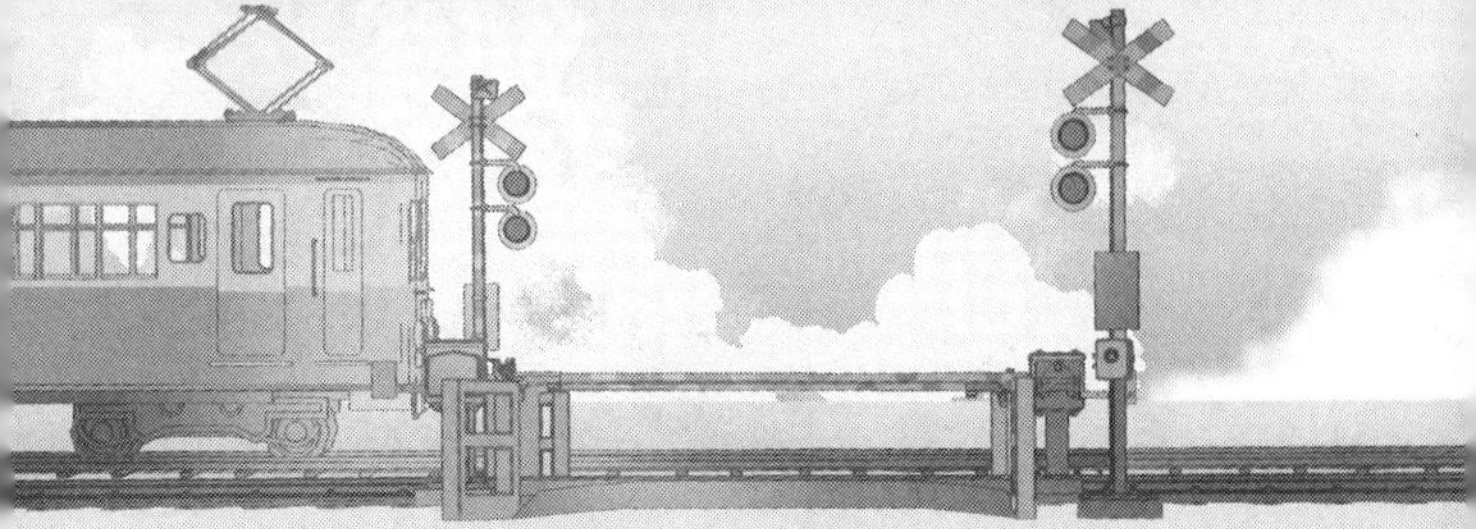

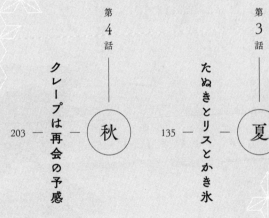

人物紹介
イラスト コウキ。
三《み》浦《うら》悠《はる》人《と》
デビュー三年目の駆け出しの小説家。没にくじけず、プロットを練り続けている。意外に面倒見がいい。
ぽんた
化け狸の生まれ変わり。常に一生懸命だが抜けが多い。おいしいごはんや楽しいことが大好きなちびっこ。

羽《は》山《やま》祐《たすく》
悠人の友人で担当編集。イケメンで人懐っこい。そして可愛いものが好きすぎるという一面がある。
琥《こ》珀《はく》
八幡様の近くの祠にいる、由緒正しき狐。涼やかな少女に変化できるが、内面は可愛らしいツンデレ。
船《ふな》岡《おか》
人力車の車夫。実は、ぽんたの天敵・駕籠《かご》かきの生まれ変わり。顔は少し怖い。
ロンロン&リンリン
台湾リスの兄妹。兄は勝ち気で、妹はおとなしい。一見とっつきにくそうだが、根はとてもいい子たち。

第1話

春

豆だぬきと出会いの筍ごはん

第1話　春　豆だぬきと出会いの筍ごはん

色とりどりの花が、野原には咲き乱れている。

赤、白、黄、青、紫、緑、だいだい――。

ここでは枝に止まった小鳥が楽しげに歌い、お腹が空かなければ眠くもならない。

まどろみから目覚めた狸《たぬき》は、ちょこんと花畑に腰を下ろしていた。

ひらひらと飛ぶ、白や黄色、青い蝶。

その軌跡を眺めるのものんびりしていて楽しいけれど、ここにいると胸が掻き乱されるような気持ちになる。

「うう……」

狸は小さくうめいた。

どうして、なのかな?

狸は視界に飛び込んできた、ひときわ濃い毛で覆われた自分の短い前肢《まえあし》を見やる。

狸の身体は、昔と違って寒さも暑さも感じない。毛並みはつやつやで、自分でもびっくりするくらいに体調がよくなっている。

なのに、なぜだかひどい違和感がある。

こうして四本の足を地面につけているのに、身体がふわふわしているせいかもしれない。

花はまるで作りもののように、ただただ揺らぎ、いい匂いだけを振りまく。

だから、この世界がとても不思議に見えるのか。

みっともなく肩を落とし、狸は目的地を見上げた。

ここは狸が知る中で、一番大きな木。

その下に神様は座っており、うさぎや狐《きつね》と語らっていた。

――神様。神様、わたくしは……。

「なんじゃ、狸よ。またお願いに来たのかい？」

獣たちの神様は呆《あき》れたような声で、自分のひげを撫でる。そして、しおしおとしっぽを垂れ下げている狸に声をかけた。

神様はどんな姿にでもなれるのだが、獣の中での優劣をつけたくないために、人のかたちを取っている。

「はい。どうしても、諦められないのです」

「ふむ……そなた、人間に生まれ変わりたいのだったな」

神様はちゃんと、狸の願いを覚えていたのだ。

狸は忘れてしまったのに。

何度も何度も、繰り返し生まれ変わるあいだに、かつての自分の名前すらも。

だけど、たった一つの未練だけが、こうして小さな心を縛りつける。

淋しさと後悔でいっぱいになってしまう。

「和尚《おしょう》様に、会いたい……会って謝りたいのです……」

そうつぶやくと、じわっと目の縁のあたりがあたたかくなってくる。

ぽた、ぽた、と何かが落ちた。

短い毛を濡らすものは、涙だった。

もはや、狸自身の記憶はかなり薄らいできているけれど、後悔は消えない。

誰よりも優しく、親切な和尚様。

近寄ると撫でてくれた。おやつをくれたし、最初は人間の言葉を知らなかった狸に対しても、分け隔《へだ》てなく話しかけてくれた。

しわしわの手はあったかくて、皺と皺のあいだに埋もれた目はどこか穏やかだった。

自分はそんな和尚様に、悪いことをしてしまったのだ。

「これ、泣くでない」

神様はふっくらとした手を伸ばして、狸の頭に触れた。

撫でてはくれないけれど、それでも、あたたかさは感じられる。

「和尚様は、もうあちらにはおらぬ。人の世は移り変わるものだ」

「うつりかわる……」

意味が今一つわからず、ぽつんと狸は繰り返した。

「人も狸も、皆、驚くほど呆気《あっけ》なく死んでしまうのだ。そなたも生まれ変わっただろう？」

「ならば、今の和尚様に会いたい。あちらの世界で、ちゃんと謝るのです！」

そうでなければ、狸は何度生まれ変わってもこの苦い後悔から逃げられない。

「またそれかい。同じことを何度も繰り返して、困った狸だねえ」

神様は、少し呆れたようだった。

「今度は、人になりたいのです！」

「それでどうする？　和尚様の生まれ変わりを見つけるのか？」

「はい！」

勢い込んで頷《うなず》く狸に、神様は渋い顔を見せた。

「いかんいかん。それでは、過去の因果《いんが》を、今に生きるものに押しつけてしまう。それはもっと罪深い話だ」

「…………」

厳しいお言葉に、しょぼん、と狸は肩を落とした。

「とはいっても、おまえがそこまで気に病《や》んでいるのなら、どうにかしてやろう」

「和尚様に会わせていただけるのですか⁉」

くりくりとした目を瞠《みは》った狸は明るい声を出したが、神様の答えは、期待とは違っていた。

「それもできぬわけではないが……その前に、狸として、誰かにいいことをしてきなさい」

「いいこと?」

「好きな相手だけに優しくし、ほかの誰かを化かしたり騙したりするのでは、不誠実であろう?」

それはもちろん、狸がかつて犯した邪《よこしま》な行為を指していた。

「あちらで出会った相手に、誠意を見せるのだ」

「それが、いいことなのですか?」

「まあ、そんなところじゃな」

たくさん、たくさんいいことを積み重ねれば、いつか和尚様に会えるのだ。

「どうじゃ?」

「やります!　いいことをたくさんしてきます!」

「うむ、ようやく元気になったたな。よい心がけじゃ」

「はい!　行ってまいります!」

狸は明るい声を出して、胸を張ってすっくと二本足で立ってみたのだった。

1

夕暮れ時。

普段よりも真っ赤な夕日に染まる春の鎌倉《かまくら》の街は、今日も人通りが多い。

グレーの長袖Tシャツに、地味なイージーパンツを合わせて、貴重品はボディバッグに収めた三浦悠人《みうらはると》は、スクーターに跨《また》がって信号が変わるのを待っていた。

どこにでもいる、十人並みの容姿。無造作に伸びた髪に、おしゃれと縁遠い眼鏡。見るからに普通の会社員ぽくないし、我ながら売れない小説家感をありありと醸《かも》し出していた。

朝のテレビでやっていた星占いでは、『乙女座は素敵な出会いがあります』でランキングは十二星座中六位という微妙なポジションだった。占いはほぼ信じていないので、期待はしなかったが、取り立てて珍しい事件も起きないまま一日が終了に近づいている。

いや、素敵どころか久しぶりに受け取った仕事のメールには、へこむような文章しか記されていなかったじゃないか。

黄色や紫とカラフルな袋を下げ、行き交う観光客は笑みを浮かべ、どことなく名残惜《なごりお》しそうに帰路に就く。

ちなみに黄色は『豊島屋《としまや》』の『鳩《はと》サブレー』、紫は『まめや』の豆菓子だ。鳩サブレーは、しょっちゅう買っている。まめやのピーナッツ入りの豆菓子は悠人も大好物で、どの味を買うか目移りしてしまう。

悠人が東京《とうきょう》のアパートを引き払い、ここ鎌倉に住むようになってちょうど一年。古都の春夏秋冬を見届けたのに、まだこの観光客の波には慣れなかった。

東京だって一大観光地だけど、住民と観光客の比率がまるで違うと感じる。

最寄りは北鎌倉《きたかまくら》だが、用事をこなしてから電車に乗ろうと鎌倉駅を使うと、狭いホームは電車を待つ乗客で埋まっていることもしばしばだ。JRの鎌倉駅は人の乗降数に比べて手狭で、ホームは上下線で一つしかない。特に朝の通勤通学時間帯に一度居合わせたときは、誰かがホームから落ちるんじゃないかと驚くほどの混雑ぶりだった。

実際、観光地としては京都《きょうと》ほど広くはないので、一日かければめぼしいスポットは制《せい》覇《は》できてしまう。ちょうどいい山もあるので、体力さえあれば、ハイキングを楽しみ、なおかつ神社仏閣を回るのも可能だ。そうした満足感が、観光客には受けているのかもしれない。

二《に》ノ《の》鳥居《とりい》から段葛《だんかずら》を北上するのが自動車のルートだが、悠人は左折して小町通《こまちどお》りを横断する。鎌倉駅あたりから北鎌倉に行くには、鶴岡八幡宮《つるがおかはちまんぐう》の脇の県道を通るルートと、横須《よこす》賀線《かせん》の線路沿いの小径《こみち》を抜けるショートカットルートがあった。

あの『シン・ゴジラ』にも登場した扇ガ谷《おうぎがやつ》ガードのあたりを通っていくと、閑静な住宅地に出る。踏切の音は聞こえるけれど、それ以外はしんとしていた。

鎌倉は山が多い＝《イコール》坂が多いことを意味し、北鎌倉あたりになると山ばかりの印象だ。おかげで、ある程度自由に動くには電動自転車かスクーターは必需品だ。軽自動車も有り難いものの、観光地における駐車料金の高さを舐めては泣きを見る羽目になる。

路線バスもそれなりに便利だが、鎌倉名物の渋滞に巻き込まれるとダイヤがかなり乱れてしまい、時間の予想がつかなくなる。

とはいえ、今の悠人は特に締め切りに追われているわけでもなく、べつに時間の予想ができなくたってかまわないけれど。

……う。

気持ちがだんだん鬱々《うつうつ》としてきた。

「全没はないよなあ」

そう、悠人がめちゃくちゃいじけた気持ちに駆《か》られているのも、小説を書く設計図にあたるプロットが全部没になってしまったせいだった。

設定や登場人物、あらすじ、丁寧に考えた内容がすべて。

実際に本文に取りかかる前でよかったじゃないかと慰《なぐさ》められそうだが、まったくもってそういう問題ではない。プロットは実際に執筆するためのプレゼン資料にあたり、かなりの熱量で一か月以上かけて作り上げた。

駆け出しの小説家の悠人は、デビュー三年目。

比較的大きめの賞を取ったデビュー作の青春小説は、そこそこのヒットだった。

二作目はまずまずだったが、三作目は完全に売れなかった。

これは四作目で浮上しないと、小説家生命は終わりかねない。そうでなくとも現代は、たくさんの小説家がしのぎを削る戦国時代なのだ。

今の悠人の立場では、着想が浮かんだからといって、即座に本文を書き始めていいわけではない。

もちろん、ネットや自費で発表する場合であれば、思いついたものを自由に綴ればいいが、商業出版を目指している以上は、まずは担当編集者に「こういう話を書きたいんですが」とお伺いを立てるのが常だ。大御所の中にはおおまかなストーリーを口頭で説明して書き始めたり、あるいはその手順すら飛ばしたりするタイプもいるらしいけれど、いきなり完成原稿を渡すと、プロットどころか本文の全没を食らう可能性も多々あるので、悠人にそこまでの度胸はない。

第四作は渾身の力を込めた青春釣りロマンになるはずだったが、編集長の「釣りなら『老人と海』レベルの作品じゃないと」という謎の突っ込みが入って没になったのだとか。

正直、駆け出しのエンタメ小説家をノーベル賞小説家と比べられても困る。

昔ながらの住宅が建ち並ぶ小径を走っていると、前方に何か茶色いものが落ちているのが目についた。

ごみ？　ぬいぐるみ？

もしかしたらごみ収集車が落としたのかもしれない。

「ん？」

やけにふわふわもこもこに見えるが、見間違いだろうか？

眼鏡をかけていても、この距離では朧気《おぼろげ》に画像しか認識できない。近づいてみると、ほわほわの正体は台湾《たいわん》リスだった。

鎌倉においては、外来生物の台湾リスは別段珍しくもなかった。

悠人も初めて台湾リスを目にしたときはその愛くるしさに心を打たれ、凄まじいスピードで動く姿をなんとか動画に収めようとスマホを握り締めて奮闘したが、半日もすれば慣れてしまった。おまけに、鳴き声はぎゃっぎゃっという怪鳥か蛙《かえる》かという感じで、可愛げがゼロなのだ。

「ぎゃっぎゃっぎゃっ」

事実、一、二、三……合計五匹の台湾リスが不気味に鳴いている姿は異様だった。

餌を巡ってほかの生きものと争っているのではないかとの発想が脳裏をよぎったが、それにしてはなんだか様子がおかしい。

台湾リスたちは白い歯を剥《む》き出しにし、何かを威嚇《いかく》している様子だ。

速度を落としてさらに接近すると、彼らは正体不明の物体――仔犬か子猫か……それともぬいぐるみか何かを囲んでいる。

生物か、あるいは無機物かは不明だが、万が一生きものなら可哀想だ。

自然界の掟《おきて》はわからないけれども、多勢に無勢では放っておけない。

「こらっ」

慌ててスクーターを停めた悠人は、台湾リスの集団のもとへ駆け寄る。

「ぎゃっぎゃっ」

「ステイ！　いじめちゃだめ！　離れて‼」

一生懸命両手を振って身振りで立ち去るよう促すと、台湾リスたちは一斉に逃げ出した。

「なんだ、ぬいぐるみか」

白と黒、茶色のまだらっぽい色合い。鼻面は真っ黒で、その周りは白い。足先は黒く、茶色い肉球が見えた。

仔犬のぬいぐるみ――にしてはデフォルメが甘く、リアリティがありすぎるような……。

それに、短いしっぽが、ぴるぴると震えている。

むむっと悠人は眉根を寄せ、ずり下がりかけた眼鏡のブリッジを押し上げた。

「えっと、大丈夫？　もしもし？」

うかつに触れて噛まれても困るので、道路にひざまずき、上から、下から、右から、左からとアスファルトに手を突いてじいっと見つめるが、それ以上、動きだす兆《きざ》しはなかった。

さっき、しっぽが震えて見えたのは勘違いじゃないのか。とはいえ、放っておいたら自動車が乗り上げてしまうかもしれない。

轢いても大きな交通事故は起きないだろうけれど、ぬいぐるみが犠牲になるのは見過ごせなかった。

「…………」

不意に視線を感じた悠人が四つん這いのまま振り向くと、近くの家のおばあさんが一人、夕刊を手にこちらを凝視している。

「あ、どうも」

さすがに可哀想なものを見るような目で眺められるのは恥ずかしく、ぬいぐるみをそっと拾い上げた。

あたたかい。

息、してるんだ。それなら、やっぱり仔犬に違いない。

近所の人ならばこの仔犬について何か知っているかもしれないと、悠人は精いっぱいの営業スマイルを浮かべて振り返った。

「あのっ」

……いない。

おばあさんはすでに、家の中に引っ込んでしまったようだった。

さて、困った。

抱き上げた仔犬は目をつむったきりで、ぴくりともしない。見たところ首輪もないし、飼い主が判別できるものはつけていなかった。

「大丈夫？　ねえ？」

応答なし。

かかわると面倒なことが起きそうだが、いったんは抱いた仔犬を置いていってしまうのは、あまりにも非情すぎる。さっきみたいに、ほかの動物にまたしても襲われるかもしれない。

迷い犬ならば、病院で聞けば手がかりが見つかるかもしれない。ひとまず悠人は自分のハンドタオルを後部に括りつけた段ボールの箱に敷き、仔犬をそこに載せた。野菜でごつごつしているが、そこは我慢してもらう。

早く家に帰って寝かせてあげたいけれど、だからといってスピードを出すと揺れてしまう。できる限りゆっくり運転しよう。

亀が急坂を登ろうとしてひっくり返った——という逸話が残るほど急な亀ケ谷《かめがやつ》の切通《きりどおし》に突入すると、安全運転だったスクーターの走行速度はさらに低速になる。これさえなければ近道なのにと思いつつ、とろとろと悠人は自宅へ向かった。

悠人が間借りしている一軒家の所在地は、北鎌倉でもかなりの高台だ。きつい坂を登り切ったところに、築五十年以上の日本《にほん》家屋が建っている。

建物は今時珍しい瓦《かわら》屋根で、ドアも横にからりと開くタイプで磨《す》り硝子《がらす》が嵌《は》まっていた。

もっとも、部分的に十五年くらい前にリフォームを終えていて、水回りや浴室はさほど問題を感じていない。残念ながらドアホンが昔ながらのチャイムで通話できず、鳴らされるといちいち玄関に出向かねばならない点が不便だった。

床は板張りで磨《みが》き上げられているし、庭を眺められる縁側が嬉しい。

ハイキングコースが設定された山に面した広々とした庭は、植木も多少あるが、八割方が家庭菜園に変貌している。これは悠人の仕業ではなく、元からの仕様だった。

「どこかに動物病院ってあったかな」

残念ながら、ペットを飼った経験がなく、動物病院には全然注意を払っていなかった。

これから探して出かけても、夕方なのでもしかしたら診察は終了しているかもしれない。

一度縁側に仔犬を下ろし、悠人は物置から空き箱と使い古しのタオルを持ってくる。

その中に仔犬を収納してしばらくじっと見つめていると、やわらかそうな毛の生えたお腹が、規則的に上下しているのがわかった。

ちなみに性別は雄。

よく見ると枯れ葉や小枝がくっついていてきれいとは言いがたいし、箱ごと玄関に置くのが一番いいと思うけれど、さすがにそれは可哀想だ。

普段は締め切っている板の間が玄関脇にあるから、そこに寝かせておこう。床だったら、万が一少しくらい粗相をされても掃除が簡単だ。

悠人は仔犬を入れた段ボール箱を、そっと持ち上げて板の間に運ぶ。

静かに床に置いても、仔犬が目を覚ます兆しはなかった。

「待ってて」

一応、ぼそりと声をかけてみたが、無反応だった。

今のところ使っていない小皿を探し出すと、レンジでぬるめにあたためたミルクを注ぐ。

こうした小皿なども全部、家主の持ち物だ。居抜きで借りた店のようなもので、タオルやらシーツやらは買い換えたけれど、生活必需品は大半が揃っていた。

寝ている仔犬の傍らにミルクの皿を設置し、そろりそろりと板の間から退室した。

スクーターの荷台に括りつけてあった買い物の箱は、いろいろな野菜が入っていてずしりと重かった。

鎌倉駅の近くには『レンバイ』という地元農家の集まる直売所があり、そこで新鮮な野菜が手に入るので、三、四日に一度は行っていた。レンバイは地元で飲食店を経営する料理人や、主婦や観光客も買い物に訪れる。販売者は誰が相手でも嫌な顔をしないし、人が少ないときは世間話を交わしたり、おいしい調理法を教えてくれる。スーパーマーケットに比べると多少割高なので、悠人はどうしても地元の野菜が食べたいかどうかで使い分けていた。

「よし」

皮ごとごしごしと洗った新たまねぎをアルミホイルに包んで、天板に載せてオーブンレンジにセットする。

引っ越してくるまで料理の経験はほとんどなかったが、この家では、コンビニに行こうにも急な坂が邪魔をする。スーパーマーケットも遠いし、点在するカフェやレストランは観光地価格で頻繁に利用するわけにはいかない。

必然的に料理する習慣が身についたものの、悠人の好みは基本的にシンプルなレシピが多かった。常備菜を作り置きして、三日くらい同じものを食べても飽きない。

たまねぎが大きすぎて火が通るまで時間がかかるので、そのあいだに手羽元に塩胡椒を振りかける。耐熱皿に手羽元を並べ、オリーブオイルを目分量でどばっとかけた。

今日は洋食のつもりだったので、レンバイの中の『パラダイスアレイブレッドカンパニー』でフォカッチャを買ってきた。今トースターであたためても他の料理ができあがるまでに冷めてしまうので、一休みしようと缶ビールの蓋を開けた。

耐熱皿もたまねぎの天板に載せてから一息つくと、目を逸らしかけていた現実が甦《よみがえ》ってくる。

「ううむ」

新しいプロット、どうしよう……。

突発的なできごとに襲われ、やけに疲労してしまったせいもあって頭が真っ白だ。

こんなに書けなくなるなんてなあ……。

小説家になるのは、悠人の子供のころからの夢だった。

幼いころの悠人はぼんやりと座ってても、頭の中でいろいろな物語が広がっていった。ゲームをプレイしてても漫画を読んでも、自分ならこういう物語を展開させるのに――という想像が渦巻いて仕方がなかった。

中学生くらいまではノートに物語の断片を書き留めていたが、高校生からはスマホにちまちまとテキストを打つようになった。それでも公開して批判されるのが不安で、誰かに見せたことはなかった。

就職も上手くいかずアルバイトを始めたころ、たまたまゼミの友人の羽山祐《はやまたすく》から大手出版社の文芸部署に配属されたとメールが来た。それで、いくつかのやりとりのあとに勇気を振り絞って必死で書き上げた青春小説を送信したのだ。すると、新人賞に出すように薦められ、とんとん拍子で比較的大きな賞をもらったのだった。

そこから三年。

今や完全に行き詰まっているけれど、何でもいいから、売れる作品を生み出さなくてはいけない。無心に小説を書いて悦に入っていた時代は、とっくに終わってしまったのだ。

とはいえ、曲がりなりにも賞を取った小説家という肩書きがあるので、ごくたまに地方の学園祭に呼んでもらえたり、雑誌や新聞に書評やエッセイを依頼されたりと、それだけで生計を立てられるほどではないが、有り難いことにささやかな仕事はいくつかあった。

そのうえ、なんと今の住まいは家賃がかからない。

この家は小説家になるきっかけを作ってくれた羽山の実家で、彼の両親はすでに亡くなっており、空き家同然だった。悠人はここを、庭や家そのものの手入れをする条件で、光熱費のみを負担して暮らしている。

羽山の言によると、いざとなれば売ってもいいが、それはそれで税金が結構な金額になってしまう。そのうえ、一軒家を畳《たた》むのは片づけが意外とめんどくさい。

できるだけ手間をかけずに人に貸して、なおかつ好きなときに戻ってきたい――そんなわがままかつ贅沢な条件に合致したのが悠人だったのだ。

リフォームをした箇所以外は、家も家具も何もかも年季が入っているが、使えるものは最後まで使ってほしいと言われている。無論、悠人としてはよけいなお金をかけたくないので、その点は有り難い。

この台所もばっちりリフォームされているので、食堂全体の雰囲気に比べてシンクだけがやけに新しい。一時は三世帯が住んでいたそうで、そのためかテーブルは独り身にはやけに大きく、不揃いの椅子が六脚も置かれていた。

一階は台所や居間、使っていない板の間などで、二階は二間。部屋の大半は畳か板の間だった。

広い敷地の端っこから山の斜面になっていて、その先は市有地らしいが、明確な境界線は不明だそうだ。

ともあれ、ここはまるで田舎《いなか》の祖父の家みたいな安心感がある。

リビングというより居間、ダイニングというより食堂、キッチンというより台所。

横文字がとことん似合わない家も、懐かしい雰囲気でとてもいい。

そこでオーブンレンジがチーンと音を立てる。

「お、焼けたかな」

念のため鶏肉の真ん中にナイフを入れると、じわっと透明な肉汁が溢《あふ》れてくる。きれいな淡いピンク色で、中まできちんと火が通っていた。アルミホイルを広げてたまねぎにフォークを突き立てると、するっと抵抗なく刺さった。

天板ごと食卓に持っていき、そこから皿によそう。味つけは醤油とからしがベストのはずだ。次点で柚胡椒。飽きたときのためにポン酢も用意しておこう。

「いただきまーす」

軽くトースターであたためたフォカッチャとオリーブオイルも食卓に並べ、悠人は手を合わせてから、手羽元を食べ始めた。

ほどよい火加減で焼けた手羽元はぷりぷりで、噛みつくと肉汁が口に広がる。香りのいい柚胡椒をつけると、しょっぱさと爽やかな柚の香りがとてもよく合っている。ぴりっとからいところも、さっぱりとしていてうまい。

野菜はそのままでも甘みがあって十分だが、ここはポン酢をかけてちょっと目先を変えてみる。

「……おいしい」

なのに。

おいしいものを食べても、なぜだか喉のあたりが痛い。

きっとプロットが通っていないせいだ。悠人はそう結論づけると、何が悪かったのかと鬱々と考え出した。

2

「ふあ……」

ぐるぐるとあれこれ考えながら寝落ちしたせいで、あまり眠れなかった。

朝六時過ぎ、天気はやや曇り。

朝のうちに、さくっと水やりを済ませてしまおう。

家庭菜園は収穫時期こそ楽しいが、そこに辿り着くまでの手間がかかる。

作物を植えつける前にしっかり土から準備しないと、高価で丈夫な接ぎ木苗を買ってきても、生育不良になりかねない。この家に設置されていた家庭用の生ゴミ処理機は当初壊れていたので、修理を呼ぶのも面倒だしで生ゴミをそのまま畑に埋めてみた。だが、これはハクビシンに掘り返されたうえ、耕した畑に糞をされてしまった。急いで生ゴミ処理機の修理を依頼し、今はきちんと処理した生ゴミを肥料として撒《ま》いている。

本を読み、動画で勉強し、丁寧にふかふかの土を作り上げ、雑草を抜いて、虫がついたら取る（農薬は使わない）——家庭菜園はそんな地道な作業の繰り返しだ。

初心者なのに張り切ってあれもこれも手をつけると、収拾がつかなくなる。

最近植えた苗はミニトマトとなす、きゅうりだった。いずれも種からは難しいので、接ぎ木苗を購入した。まだまだスタート地点でこの先どうなるかは多少不安だったが、ほかにもスナップエンドウやねぎなども育てているうえ、季節になるとみょうがやしょうがも収穫できる。

水やりをして、様子を見て肥料をやって……ん？

それ以前に、あの仔犬は元気だろうか。

昨日寝る前に板の間を覗いたら、すやすやと眠っていたのでそのままにしておいたのだが。

冷たくなっていたらどうしよう……。

一抹の緊張を抱きつつ襖を細く開けると、そこには何か異質な気配が漂《ただよ》っていた。

「？」

何だろう、これ。

自分の産毛がぶわっと逆立ち、警報を最大限に鳴らしているみたいだ。

目を擦《こす》りながら、今度は大きく襖を開く。

雨戸が閉まっているせいで室内は薄暗かったが、こちらからの光が届いて中が見えた。

人がいる。

しかも大人ではなく、たぶんちっちゃくて……幼児……？

耳鳴りに近いレベルで、心臓がばくばくと脈打っている。

だって――こんなのってある……？

「嘘……!?」

段ボールを押し潰《つぶ》して板の上に転がっていたのは、幼児だったのだ。

そのうえ全裸。

「な、な、なんでっ!?」

慌ててがばりと子供に取り縋ると、あたたかい。

ぬいぐるみや人形ではないし、死体でもない。

ほっと胸を撫で下ろしかけ、悠人は唇を噛んだ。

いやいやいやいやいや。

ここで安堵するのはいくら何でも早計だ。

だって、見ず知らずの子供が部屋にいるって犯罪の臭いしかしないじゃないか！

昨日の占いだけど、まさかこれが素敵な出会いってやつ……!?

急いで自室へ駆け込み、タオルケットを一枚取ってきた。

悠人は彼女いない歴を順調に更新中で、子供とは縁遠い生活を送っている。羽山はイケメンで男女を問わずもてるけれど、だからといってまだ子供はいないし、そもそもここ一か月くらいは東京から戻っていなかった。当然鍵を持っているのでこっそり侵入するのは可能だが、羽山にはこんなドッキリをしかける性格の悪さはなかった。

ご近所さんとはゴミ捨てで顔を合わせると会釈《えしゃく》する程度だが、これくらいの幼児を見かけた記憶がない。

総合して、見ず知らずの相手だった。

まさに青天《せいてん》の霹靂《へきれき》。犯罪者と間違われてもおかしくはないシチュエーションに、悠人はあわあわと周囲を見回す。

「お……」

おい、と言いかけてやめる。

まだ早朝なのに、ここまですやすや寝入っている子供を起こすのは気が引けた。

何よりも、ここには昨日の仔犬がいたはずで。

「仔犬がいなくて、代わりに子供がいる」

腕組みをした悠人は状況の言語化を試み、眼鏡のレンズ越しにまじまじと子供を凝視する。

これじゃ推理小説だ。いや、ファンタジーかもしれない。

とにもかくにも不可解な事態に、悠人は本気で頭を抱えてしまう。

現実を無視した仮説を選べるなら、あの犬が人の子に化けた。もしくは、この子供が犬に化けていた――となる。

鎌倉はよくファンタジー小説の舞台にもなっているし、それくらい大胆な仮説を試みてもいいかもしれない。

「ないない。絶対にないっ！」

ぶんぶんっと、悠人は目が回りそうなくらいの激しさで首を横に振った。

こちとら、小説家ではあっても夢想家ではない。むしろ、中途半端に地に足が着いているから、作風の方向転換ができなくて苦しんでいるのだ。

いくら鎌倉が古くからある土地だとしても、さすがにその仮説は非科学的すぎる。

自慢じゃないが、ここに住んでいたって怪しい心霊体験とは無縁だった。

だとしたら、いつの間にか家に迷子が入り込んでいましたと警察を呼ぶほかない。

――よし。

スマホを取りにいこうと心を決めたところで、タオルケットをかけたちびっこがもそもそと起きだした。

目を覚ましたちびっこは自分の目許を幼児特有のぷにぷにの手で擦り、悠人を見た。

茶色いくるくるとした巻き毛に、黒目がちのつぶらな眼。

「ちょっと待ってくれる？　おじさん、いや、おにいさんは怪しい人間ではなくってね……」

そう話しかけている時点で十分に怪しいのだが、弁解の言葉を思いつかなかった。

「たすけた……？」

「へ？」

「わたくしめを、たすけたおかたですね」

一人称がわたくし。

見た目は三、四歳くらいの男児だが、言葉遣いがやけに丁重というか、何かが変だ。

「君を助けた覚えはないんだけど」

自分が拾ったのは仔犬であって、人間の子供ではない。

「ここに、いっしょにきました！」

「連れてきたのは犬だよ。雑種の仔犬」

「いぬはだいきらいです！　あんなやばんなものとはちがうのです！」

むうっとしたように、幼児は唇を尖らせる。

見た目は愛くるしいが、丁重だが古くさい口ぶりと内容に大きな違和感がある。

「じゃあ、なに？」

「ええと……それは……」

ごそごそとちびっこがタオルを頭から被る。

ぴょこん。

もふもふっとした太く立派なしっぽが、タオルを持ち上げてはみ出してきた。

……しっぽ？

なんでしっぽ？

タオルに隠れたちびっこの全身が縮んでいき、驚愕《きょうがく》にぽかんと口を開ける。

慌ててタオルを引っ剥《ぱ》がそうとしたとき。

「じゃーん！」

得意そうな声とともに、万歳をした昨日の仔犬が二本足で立ち上がった。

「えええええええっ」

「ほら、いぬではないのです」

しゃべった！

得意げに、しかしよろよろとバランスに苦労しつつ立つ姿は、どことなくキュートだった。

「いや、どこをどう見ても犬……あっ！　もしかして、これ……狸⁉」

正直犬と見分けがつけがたいが、人間に化けられるし、しっぽも立派だ。

これは古式ゆかしい狸ではないのか。

「ふっふっふっ……ようやくわかってもらえましたね」

悠人はあんぐりと口を開けた。

台詞は格好をつけていたものの、それ以上後ろ足で立っているのは無理だったようだ。

四つん這いになった狸は、小さな口をにんまりと三日月型にさせる。

「なにをかくそう、わたくしめはばけだぬき」

「化け狸」

理解不能な事態に、悠人はただただ繰り返す。

「……のうまれかわりです」

「えっ」

「つまり、ただのたぬきではありません。たしなみとしてちびにばけてまっていたのですが、またねてしまい……」

ところどころ舌が回らなくなるのはご愛嬌《あいきょう》で微笑ましくなるが、笑っている場合ではない。念のため手を伸ばして床に落ちていたタオルを持ち上げてみたが、ほかには誰もいなかった。雨戸は閉まっているし、唯一の出入り口になる襖は、こうして悠人が立ちはだかって塞いでしまっている。

やっぱり、この子狸がさっきの幼児なのだ……。

信じられないし、信じたくもないけれど。

普通の四歳児がこんな珍妙なしゃべり方をするとは、到底思えなかった。

「でも、ただの狸でないなら、なんでリスに一方的にやられていたの?」

そんなすごい力を持つ化け狸なら、台湾リスの五、六匹は撥《は》ね除《の》けていてもいいはずだ。さすがに百匹もいたら大変だとは思うけれど。

「うっ」

子狸は言葉に詰まる。

「ほら、ここ、怪我してる。血がくっついてるよ」

悠人が指摘すると、子狸は慌てて自分の二の腕（？）のあたりを押さえた。

「あううっ」

「本当は普通の狸くらいじゃないの？」

「ふつうではございません！　ちゅうのじょうくらいですっ」

やはり、そこまで優秀な子狸ではないようだが、それを言うと話が進まなくなる。

「そうだよね。化けられるくらいだし。でも、怪我の手当ては必要だよね」

「はい……」

「だから、お風呂が先かな」

「ふ、ふろ……」

すぐさま子狸はずるずると後ずさり、和だんすにぶつかってそこで止まった。

「え、お風呂嫌い？　残り湯だけど、ちゃんと追い焚《だ》きするよ」

「だまされて、たぬきじるにされるのです！」

狸汁……そういえばよく、昔話に出てくるけれど、おいしいのだろうか。

「それならもっとまるまる太った狸にするよ。君、食べるところなさそうだもん。出汁《だし》とか取れる？」

「だ、だし……」

真顔で尋ねると、狸は途端にがたがたと震えだした。

「おふろ……おふろはかんべんなのです……」

子供の世話をしたことがないので、悠人はまいったなと内心で考え込む。

「じゃあ、怪我、そのままにしておく？　下手すると、腐ってぽとっと落ちちゃうよ？」

「くさる……」

これは心に刺さったみたいだ。

ショックを受けた様子の子狸に近づいて、首筋を乱暴につまむと、彼は焦ったように短い四肢を空中でじたばたさせる。

「うあぁ……どうかおじひを……」

「だーめ」

浴室の水色のタイルの上に子狸を下ろし、悠人はぴしゃりと後ろ手で戸を閉めた。

「はわわ」

うめいた子狸はさも心細そうにちんまりと丸くなり、上目遣いに悠人を見上げる。

「すぐ済ませるから」

それからバスタブの湯温を一度確かめる。ためらうと気持ちが鈍りそうなので、ぬるい湯をざばっと頭から狸にかけた。

「ひいいっ」

「ん？　どこかに入った？」

「けがわが……けがわがぬれるう……」

「はいはい。人間用のシャンプーでいいのかな」

そんなに嫌ならさっさと終わらせてやろうと、腕捲《うでまく》りをした悠人は子狸をそっと洗ってやる。泥や葉っぱがぽろぽろと落ちてきて、山の中をさまよっていたようだった。

「あーっああーっ」

子狸が悲鳴を上げているが、痛いという発言はないのでひとまず無視した。

シャンプーを手早く洗い流し、つまんだ子狸を浴槽に入れてやる。とはいっても溺れられても困るから首を掴んだままで、ほんの二、三分が限度だろう。

「ほわあああ……」

見れば、子狸は至極満足げな顔（おそらく）になっていた。

「もしかしてお風呂、初めて？」

「そうではありませぬ。ですが、むかしはぐらぐらしていて、どうもにがてだったのです」

「それって五右衛門《ごえもん》風呂のこと？」

冗談のつもりだったが、狸は頷いた。

「なまえまでは……ふおっ⁉」

「ちょっと追い焚きしてみたけど、だめ？」

「お、おゆがこちらにおしよせて……ひえええ……」

なんていうのか、子狸があわあわしているところはなかなかに可愛らしかった。

「さて、そろそろ出るよ」

「もう？」

「初めてのお風呂でのぼせたら困るからね」

浴槽から引っ張り出した子狸をタイルの上に下ろしてから、洗面所の戸棚を開けてバスタオルを差し出した。

「よし、と。これで拭いて」

「はい」

こくりと頷いた子狸は素直にタオルの上でころころと転がる。悠人は風呂の栓を抜いてから自室へ向かい、自分の手持ちの中で一番小さなTシャツを持ってきた。

子狸はちんまりとタオルに埋もれながら、悠人を待っていた。

こうしていると、さっきまで会話していたのは夢だったのではないか。

うん、狸がしゃべるなんて考えられないし。プロットができずに行き詰まった小説家の白昼夢——十二分にあり得る。

「変な夢だったなあ」

「さむいのですううう」

……夢じゃなかった。

こほんと咳払いし、悠人は引き出しに手をかけた。

「じゃあ、乾かすよ」

「かわかす？」

「こっちにおいで」

取り出したドライヤーをちらりと見やった子狸は不審げに身構えたものの、おそるおそる近づいてくる。

床に膝を突いた悠人は、子狸にドライヤーの送風口を向けた。

「目、閉じててね」

スイッチオン。

「うおおおおお‼」

弱風を選んだが、ドライヤーの風を当てられ、子狸は文字どおり飛び上がった。

慌ててスイッチを切り、洗面所の隅っこに逃げ出した子狸を見下ろす。

「ごめん、これ苦手だった？」

「に、にがてではないのですが、おどろきなのです……」

「これですぐに毛が乾くんだよ。ちょっとだけ我慢して」

悠人の言葉に、子狸は神妙な面持ちで従った。

「う……うう……まだですか？」

「スイッチ入れて五秒だよ？」

「ほげええ……おお……むおお……」

最初はうなっていたものの、慣れると気持ちいいらしく、いつのまにか子狸は目を閉じて「ほわあ」とつぶやいている。

子狸は乾かす面積が小さいので、ドライ作業はあっさり終了した。

「はい、おしまい」

かちっとスイッチを押すと風が止まり、子狸は首を傾《かし》げた。

「もうすこし……」

「これ以上は、毛がちりちりに焦げちゃうよ」

「なんとおそろしい」

子狸は前肢を上げ、自分の身体を抱き締める。

「あのさ、さっきみたいに人間になれる？」

「なれますが、なにゆえに？」

「絵的に話しづらいんだ……目線低すぎるし。それに、狸と会話されるところを人に見られるのはまずいから」

万が一にも他人に見られるとおかしくなったと思われそうだし、法律的にも狸を保護するのはまずい気がする。

「ほかにごかぞくがいるのですか？」

「いや、いないけど……突然家主が帰ってくるかもしれない」

「――うう……ではそういたしましょう」

子狸は不本意そうな様子だが、それでも頷いてくれたので、悠人はほっとした。

「はい、これが着替え」

着替えを手に振り返ると、そこには全裸の男児が立っている。怪我はたいしたことがなかったらしく、手当てが必要そうな傷は見当たらなかった。

「服……洋装でございますか」

「うん、今はこれが普通。さすがに全裸はちょっと困るよ」

仕方ないと言いたげに、彼はこくりと頷いた。

「まずはTシャツはこうやって一枚捲《めく》って、頭からかぶる」

「こう？」

ちびっこがよちよちと自分でTシャツを被るのは、なかなかどうして愛らしい。つたない手つきが可愛くて、ついつい目を細める。

「上手上手。で、短パンは片足ずつ通す」

ショートパンツはランニング用に買ってみたが、一度も穿いたことがなかった。幼児にはオーバーサイズだが、下半身が剥き出しよりはましだ。

「こう、ですか？」

「いいね、にあっ…て…る……」

しっぽ……!?

ぶかぶかの右足の裾から、もふっとしたしっぽがはみ出していた。

「ちょっと、しっぽが出てるよ!?」

「おおう」

慌てて彼が両手でお尻のあたりを押さえた拍子に、ぴょこんと今度は耳が飛び出す。

「あ、耳も！　どっちもしまって」

「できませぬ」

「えっ」

「おなかがへったのです……」

きゅるるるるるるるるるる。

「お腹空くと、耳としっぽを隠せないの？　手は？」

ぷにぷにの手と足は、ちゃんと人間のものだった。どうやら、あってはいけないものを引っ込めることまで神経がいかないようだ。

「まんぷくでもむずかしいのであります」

しょぼん、とちびっこは狸の耳としっぽを隠すのを断念した様子で肩を落とした。

狸の耳としっぽを生やした幼児は、まるでファンタジー映画にでも出てくるような可愛さだけど、やっぱり、へっぽこ化け狸ではないか。

とはいっても、ここでお腹を空かせたままでいさせるほど、悠人だって鬼ではない。

「とりあえず何か、食べさせたほうがいいか。狸の餌ってなに？」

「餌……」

「あ、ごめん。ごはん」

さすがにデリカシーのない表現をしてしまった。

「わたくしめはなんでもおいしくいただきます。それよりですね、ごしゅじんのおなまえをしりたいのです」

「それは無理だから、諦めてくれる？」

それに関しては、悠人はびしっと断る。

「えっ」

子狸はショックを受けたようにそのまんまるの目をさらに丸くした。ぽろっと落ちてしまうのではないかと思うほどの、つぶらな目だ。

「だって、化け狸に名前なんて教えたら、大変なことが起こるに決まっているよね？　昔話って、たいていそうじゃない？」

特にファンタジージャンルでは、真名を教えると相手に支配されてしまうのが定番の設定だ。

「ふええ？　そんなあ……」

こんな半端な子狸に脅威を感じているわけではないが、昔話の教訓は大事なものだ。それに、名前を呼び合えば情が移ってしまいかねない。

万が一、子狸がここに居着いたら、それはそれで面倒な話になりそうだ。

「とにかく、先に朝ごはんだね。本当に何でもいいの？」

「はい！」

名前を教えてもらえなかった衝撃からあっさり立ち直ったらしく、子狸は元気に頷いた。タフだ。

この子は、切り替えの早さが尋常ではないのかもしれない。

「じゃあ、とりあえずあじの干物を焼くよ。いつもの献立が一番早いし」

「あじとはあのきらきらのおさかなですか⁉」

「あ……うん、金あじだよ」

東京湾《とうきょうわん》の金あじは有名でとかくもてはやされているらしいが、鎌倉でも新鮮なあじは手に入る。金あじは腹のあたりが金色に光り、それはそれは神々しい輝きを放つのだ。


朝食は和風で、手作りのあじの開きにおみそ汁、卵かけごはん。

ちなみに手作りなのは、悠人が釣ってきたからだ。あじの内臓を取って塩を振りかけて、冷蔵庫で一晩寝かせた——というお手軽一夜干しだった。

これをグリルでさっと焼いて、レンバイで買っただいこんを下ろして添えて一品。みそ汁はスタンダードに豆腐とねぎ。

炊きたてのごはんに、それから卵。それだけで子狸は目を丸くしていた。

「ごうかです……なにかのおいわいぜんですか？」

食卓の椅子は子狸（人型）には低すぎたので、クッションと枕で底上げするとようやくテーブルから胸元が出るくらいになった。

彼が不安定な体勢でちょこんと椅子に座ると、揺れるしっぽの影が床に落ちる。

「いつもの朝ごはんだよ」

「ふおお……ごしゅじんはちょうじゃでありましたか！」

「……うちは普通だよ。もしかして猫舌だったりする？」

「ねこといっしょにしてはいけないのです。これくらい……あちっ！」

小さな悲鳴が上がった。

「ほら、貸してみて」

木製のスプーンを持ってきた悠人は、一匙《ひとさじ》すくって息を吹きかける。それから、「いいよ」と子狸にそれを手渡す。ぷるぷると手を震わせながら、子狸はおそるおそるおみそ汁をスプーンで飲む。

「おいしい…です」

「よかった。あじも食べて」

「はい！　おお……」

箸は使えないらしく、子狸は切り分けた干物にぶすりと突き刺した。しかし、さすがにそれは行儀が悪い。

「ちょっと待ってね」

自慢ではないが、魚の骨をきれいに取って食べる技術に関してはそれなりに覚えがある。『猫またぎ』の称号すら家族に与えられて、かつて祖母の家で買っていた三毛猫は、悠人の食べ終わった焼き魚を見るとぷいと目を背けたほどだ。

悠人は箸を器用に動かし、あじの開きを食べやすくしてあげた。

それから、フォークを持ってきて「使い方わかる？」と尋ねる。

「こうでございましょうか」

手渡す前にジェスチャーをしたので、彼はすぐにフォークの使い方を会得したようだ。

「それでいいよ」

あじの開きは、我ながらいいできだった。

たらりと醤油を垂らしたおかげで、塩加減は絶妙なはず。刺身のときは締まっている身が、こうして焼くと表面はぱりぱりで身はふわふわになり、香ばしくてたまらなくうまい。

「はああ……これはすばらしいものです……」

「おいしい？」

「てんにものぼるここちとは、こういうことですか……」

うっとりと目を細めた子狸は、夢中になってあじを口に運ぶ。

これだけ手放しに褒《ほ》められると、悪い気はしなかった。

それに、子狸は反応が素直だから、悠人も話しやすい。

満腹になった子狸は、悠人が食器を片づけているあいだに居間のソファでうたた寝をしていた。

彼の話を聞いて多少の身上調査をしたかったけれど、しばらく放っておこう。

悠人も二階の書斎に上がり、またもプロットを考える――のではなく、パソコンのキーボードを叩いて化け狸についてうっかり検索してしまった。

もちろん、インターネット上には手がかりらしい手がかりはない。

仕方なく仕事をしようと、昼食時までああでもないこうでもないとプロットをこねくり回し、それから、何か食べなくてはいけないと再び階下に向かう。

「おい、たぬ……」

いない。

ソファにはTシャツと短パンが脱ぎ散らかされ、狸の姿は消えていた。

「狸……いないのか？」

やっぱり、すべては夢なのではないか。

けれども、板の間に残された潰れた段ボール箱と湿ったタオルが、昨日からの一連のできごとは嘘ではないと言っているようだった。

釈然としないまま、昼は適当に昨日の残りものを片づけた。

なんだったんだ、この出会いと別れは……。

もちろん、飼う（というか、同居？）つもりは毛頭なかったが、それにしたってあいさつくらいしてくれたっていいではないか。

せめて、悠人が鎌倉を舞台にしたあやかしファンタジーを書き終えるとか、それくらいのネタを提供してくれるとか。

化ける仕組みとかがわかれば、画期的な作品になるかもしれないし。

――青春小説からあやかしものなんて、作風転換が急すぎて媚《こ》びてると思われそうだけれど……まあ、仕方がない。

居間のソファで完全にぬるくなったコーヒーをすすり、頬杖を突いて外を眺める。

と。

いきなり、茶色いものが開け放した窓から転がり込んできたのだ。

「ごしゅじん！」

ころんころんと転がった毛玉は、床の上にすっくと立った。

子狸だった。

「もどってまいりましたよ！」

「子狸！　おまえ、帰ったんじゃないのか？」

何となく別れの余韻に浸っていたのに、台無しじゃないか。

「かえるところはありません」

えっへんと胸を張られるが、威張れるようなことではないはずだ。

「おれいをもってまいりました」

「お礼？」

「こちらなのです」

彼は悠人を手招きし、縁側に連れていく。そこにはどんぐりが山盛りに積まれていた。バランスを取るのが難しいせいだろう。どんぐりの山はすでに崩れかけている。

「どんぐり？」

「はい！　つやつやでかたちがいいものばかりです」

「これ、何に使うの？」

「おみせしましょう」

縁側に立った狸はつるつる滑るどんぐりをなんとか前肢で挟み込み、頭上かららえいっと投げる。

すると、どんぐりは数センチ先の地面に突き刺さった。

「とびどうぐです」

「残念ながら、飛び道具はいらないんで……」

悠人が首を振ると、子狸は黒い目を見開く。

「なんと……どんぐりはおきにめしませんでしたか⁉」

「そうじゃなくって」

悠人はてっぺんのどんぐりを一つつまんで、それをしげしげと眺める。

どんぐりはつやつやしていて、磨き抜かれた宝石のようだった。

普段見過ごすようなどんぐりを、こんなに何個も何個も拾ってきたのだ。時期的にはどんぐりの季節なんて半年も前のことだし、よくこれだけきれいなものが見つかったなと感心する。

それと使い途《みち》がないと突っぱねるほど、意地悪にはなれなかった。

「せっかくだからもらっておくよ。何かに使えるかもしれないし。ひとまず虫が湧かないように乾かしておこうか」

一度室内に戻って納戸を探ると、竹製の大きな平ざるを発見した。

重ならないようどんぐりをならしていると、子狸はおぼつかない仕種《しぐさ》で手伝ってくれる。小さな小さな前肢でやっとどんぐりを持ち上げ、それをざるに置いていく。どんぐりは見たところ数十個はあるが、ここまで集めて運んでくるのはさぞや骨が折れただろう。

「かわかして、どうするのです?」

「まだ決めてないけど、もしかしたら料理の材料にできるかも」

何か具体的な案があるわけではなく、狸を納得させるための方便だった。

「できるのはいつですか?」

「うーん、三、四日でってわけにはいかないだろうなあ。だいぶ時間はかかると思うよ」

「すぐにたべられないのなら、べつのものをけんじょういたします」

「え？　いや、いいよ。怪我をしてるんだよ。大事にしないと」

「そうはいきません」

子狸はきりっとした顔になり、「さらにおおものをさがしてまいります」と告げた。

もっと大きなどんぐりなんて、もらっても困るだけだ。

とはいえ、好意を素直に受け取らないのも申し訳ないし、悠人は適当な言い訳を探した。

「じゃあ、それは明日にしよう？」

「あすですか？」

「うん、これから出かけても夜になっちゃうからさ」

悠人だって朝型なので、遅くまで子狸の帰りを待つのは難しい。

「――はい」

不承不承といった様子で、子狸は頷いた。

3

翌日。

朝食を終えた子狸は、「きょうこそごおんをかえしまする」などと言って、止める間もなく意気揚々《いきようよう》と出かけていった。

それからすでに半日は経っている。子狸の分を準備するか悩んでいたせいで、一・五人分の蕎麦を茹でてしまい、結果的に戻らなかったので無理やりに全部詰め込んだ。

二日前には台湾リスに襲われていたのだ。また襲撃されているかもしれない。あるいは、人間に化けてみたものの空腹で全裸になってしまい、警察に連れていかれたりとか。

どうしよう……。

いや、うちの子でも何でもないのだから、べつにどうなってもかまわないのだが、でも、あえて放っておくのは寝覚めが悪い。

「くう……」

プロットがだめならエッセイを書かなくてはいけないのに、何も手につかない。

「ただいまもどったのです！」

不安になりすぎていらいらしたところにあの脳天気な声が聞こえてきたので、思わず玄関に駆け寄る。

子狸はふんふんと荒く息をつきながら、自分の背丈くらいの大きさのたけのこをくわえてずりずりと引きずってくる。

肩で息をしていた子狸は、悠人の影に気づいたらしくぱっと顔を上げる。

「ごらんくださいませ！　たけのこでございます」

「遅いよ！」

「ッ」

前肢をがばりと広げた子狸は二本足で立っていたが、突然の叱責《しっせき》に、びくっと身を震わせてそそくさとたけのこの陰に隠れた。

それくらいの、大きなたけのこだったのだ。

「……あ、ああ、ごめん。でも、ものすごく心配したんだよ」

なるべく怖がらせないように、悠人はしゃがんで彼の目を見つめて、優しい声を出した。

「しんぱい……？」

子狸は驚いたように、つぶらな目をぐるんとする。

「そりゃそうだよ。君はまだ子供でしょ？　大人の僕から見れば、心配だよ」

「もうしわけございませぬ……」

子狸のふさふさのしっぽがだらりと垂れて、彼は見るからにしょんぼりしている。

「そのたけのこ、どこから持ってきたの？　この辺の山は市有地だから、勝手に取っちゃいけないんだよ」

子狸に道理を説いても意味はないのだが、一応は人間世界のルールを教えておかないと。

「ふふふ」

「盗んだの⁉」

近くの農家からいただいてきた可能性もあるのではと、にわかに胃が痛くなってきた。

「まさか。もうにどと、わるいことはいたしません！」

ということは、狸のくせに前科者って意味だろうか？

しかし、聞いたところで正直に話してくれるとは思えないので、ひとまず流しておく。

「けものしかはいれない、ひみつのばしょがあるのです」

「なら、いいよ。でも、とても遅かったよね。遠くなの？」

「いえ……その、おもくて、じかんが……」

子狸は恥ずかしげに、両方の前肢をもじもじと動かした。

「人になれば運べたんじゃない？」

「く……わたくしめは……ただのたぬきではありませんが、おそとでながくへんしんしているのはむずかしいのです……」

「なるほど」

子狸なりに、悠人に恩を返したい気持ちが強いのはよくわかった。

心配したのは伝わったようだし、ぐちぐち怒るのは自分らしくない。

「泥だらけだから、まずはお風呂だね」

「おふろ！」

悠人の想像以上に風呂を気に入ったらしく、ぴこんと子狸が耳を立て、葉っぱがたっぷりくっついたしっぽをもさもさと左右に振った。

しかし、一人で湯船に入れてやると溺れかねない。かといって、今回も悠人がつきっきりというわけにもいかないし。

「そうだ」

昨日平ざるを探したときに、たらいも見た覚えがあった。

納戸の戸を開けると、すぐに目当ての道具が見つかった。

ざるといいたらいといい、欲しいものがたいていは発見できる物持ちのよさが有り難いが、そのせいで羽山は家を畳むのは当面無理と判断したのだろう。

そわそわと脱衣所を四本足で歩き回っていた狸は、悠人の気配に気づいてぱっと顔を上げた。

「これが君の専用のお風呂」

狸は目を輝かせた。

「おお、わたくしめのせんよう！」

悠人は昨日の残り湯を、たらいに移す。ちょっとぬるかったので、熱めのシャワーで温度を調整してやる。

「そうだよ。溺れないようにね」

「はいっ」

狸が自分の小さな手でお湯をすくってぱしゃぱしゃと足許にかけるのを見届け、悠人は台所へ向かった。

掘ったばかりのたけのこはぬかを使って茹でなくとも特有のえぐみが出ないはずだが、どんな状態で地面に埋まっていたのか不明だった。念のため、セオリーどおりに処理することにした。

たけのこは、茹でてから一日は置いたほうがいいから明日食べよう。

いずれにせよ、二人分のメニューを考えなくてはいけない。

今はすぐにできる、豚肉の切り落としがあるからこれはオイスターソースで下味をつけて甘めに炒めよう。にんにくは……狸ににんにくを食べさせていいのかわからないので、今日は避けることにした。

「うーん……野菜もそろそろ使っておかないと」

地元産のキャベツは洗って適当な大きさにざくぎりし、ビニール袋に放り込み、ごま油と塩昆布、いりごまを入れて揉む。よく居酒屋にあるあれで、あっという間に完成するから有り難い。

あとは安いときに買っておいた砂抜きずみのあさりを冷凍していたので、それでおみそ汁を作った。

「やっぱりいい出汁が出るなあ……」

味見をしながら、悠人は思わず口許をほころばせる。

風呂上がりの子狸はどんな反応を見せるだろう？

そんな想像をするだけで、妙ににやけてしまうのだ。

『で、どうよ？』

SNSの無料音声通話で話を振られ、悠人は「何にも進んでない」と正直に答える。

相手は担当編集兼、この家の持ち主の羽山だった。

『本当に悪かったな。このあいだのプロット、すごくよかったんだけど、通すのは難しくって』

顔、頭、性格、どれもいいという奇跡のようなイケメンの羽山は、心底申し訳なさそうだ。

本当なら陰キャの悠人が親しくなれないような眩しい相手だが、性格のいいイケメンはたいてい人懐っこくてコミュ力も高い。彼は高校生のときから鎌倉・東京間の長い通学時間は小説を読むのに充てていたそうで、その読書歴はミステリーや青春ものからいわゆるネット系まで、さまざまなジャンルを網羅していた。

大学の授業で声をかけてきたのも、羽山のほうからだった。悠人がたまたま机に出していた文庫本が気になったらしく、何の本か教えてほしいと言ってきたのだ。

「あんまり気にしないでいいよ、企画書見たら、羽山がめちゃくちゃ頑張ってくれたのもわかったし」

企画書自体は会議の前にあらかじめ転送されていたので、羽山なりにとても力を入れてプレゼンしてくれたのは感じ取れた。

『また次のプロット待ってるよ。いつでも相談乗るし』

「うん」

そこで一瞬沈黙が訪れたのは、悠人に何のアイディアもないせいだった。

それを敏感に読み取ったらしく、羽山が矢継ぎ早に次の話題を振ってくる。

『話は変わるけど、そっちはどう？　何か困ってない？』

ちらりと、数日前に拾った子狸のことが脳裏を掠めたものの、黙っておく。羽山は明るくて愉快な男だったけれど、好奇心が旺盛すぎる。子狸を見たら、飼って詳細に調べようとか言い出すかもしれない。

そんな子狸は、今朝もどこかへ出かけていった。

山に帰るなら帰るで、子狸にはそちらのほうが幸せだろう。悠人と子狸では、生きる世界が違うからだ。

とはいえ、あの子狸はコミュ障の悠人であっても話しやすかったので、話し相手がいなくなったのは少しだけ残念だった。

「ぴゃーっ」

「！」

耳をつんざくような悲鳴に、悠人はびくっとなった。

『今、何か聞こえなかった？』

ハンズフリーで通話していたので、それはばっちり向こうにも届いているらしい。寝起きと大差ないぼろぼろの姿だったのでビデオはオフだが、彼が今どんな顔をしているかまで想像がつく。

「ごめん、外で……その、狸が騒いでるみたい」

『狸⁉　ハクビシンは聞くけど、うちってそこまで山の奥じゃないよね？』

確かにすぐ裏は山だけど、と羽山が続ける。

「でも、狸なんだ」

『どっちかっていうと人の声っぽくなかった？　鵺《ぬえ》でもいるんじゃない？』

とっさに妖怪の名前が出てくる点がさすがだが、そちらのほうがよほど非現実的だ。

「心配だから、ちょっと見てくる。プロットできたら送るね」

羽山との通話を強引に切ると、急いで駆け出す。

外に飛び出すと、あの子狸がまたしても台湾リスに囲まれているところだった。

なんともまあ、どんくさい。

「こら！」

悠人が声をかけると、ぎゃっぎゃっと鳴いていたリスたちが敵意もあらわに睨みつける。

「弱いものいじめはいけません！」

「ぎゃっ？」

「この子はちびっこなんだから大事にしてあげないと。ね？」

台湾リスたちはぎゃーぎゃーと騒いでいたものの、人間対リスであれば、たいていリスが恐れをなす。

まさに蜘蛛《くも》の子を散らすように彼らが退散したので、ようやく畑には静寂が訪れる。

悠人は子狸を見下ろした。

「だめじゃないか、またリスに襲われるのに、外に出るなんて。不用心だよ」

「かたじけないです……ごしゅじん……」

ぴるぴると震える子狸に、悠人はため息をついた。

「あっちから襲ってきたの？」

「うう……」

狸は申し訳なさそうにうつむくと、しっぽがくるりと後ろ足のあいだに挟まる。まるで仔犬の感情表現みたいだった。

「正直に答えてくれる？」

「あれを、うばわれそうになりました。あまくておいしいおまめ……」

「ああ、スナップエンドウか」

そういえば昨日の夕食に出したとき、子狸はえらくスナップエンドウに感動していた。茹でたスナップエンドウにマヨネーズをつけただけなのだが。

「あれはごちそうです！　りすごときにかじられるのはゆるせません！」

「ありがとう。畑のために頑張ってくれたんだね」

悠人が礼を言うと、彼はますます小さくなった。

「褒めてるんだよ？」

「これくらいじゃ、たりません……」

唐突に、ぽろぽろと子狸は泣きだした。

「えっ⁉」

「うう――……」

しくしくと声を殺して泣きじゃくる子狸は、あまりにも憐《あわ》れで。

狸も涙を流すんだなあ……。

まじまじと見つめかけて、悠人ははっとする。ここで小説家としての観察眼を発揮するなんて、ちょっと非人間的だ。

「とりあえず話は中で聞くよ。うちに入ろう？」

動こうとしない狸の首をつまむと、悠人は強引に彼を家に上げた。

居間のソファにちょこんと丸くなった子狸は、しばらくさめざめと泣いていたが、やがて落ち着いたようだ。

こういうときの空気の読み方は苦手中の苦手だったが、悠人は意を決して口を開いた。

「そろそろ話せる？」

「――たぬきめには、かみさまにいわれた、しめいがあるのです」

「使命って、どんな？」

「いいことをしないといけないのです。そうして、おしょうさまにあって、あやまるのです」

「和尚様？　どういう意味？」

子狸はそれきり押し黙ってしまう。

きっと今の彼には、口にできないことなのだろう。

ならば、聞かないほうがいい。

いずれ教えてくれるだろうし。

……って、いずれ？

つまりは、この子狸が居着くのもありだって、自分は無意識のうちに思っているのか。

「お腹空いたならごはんにしようか。ちょっと早めだけど」

「……はい……」

とてとてと食卓に向かった彼は耳としっぽも愛くるしい子供の姿になり、クッションを山盛り積んだ椅子によじ登った。

「ちょうどさっき炊けたところなんだよ」

子狸の分のたけのこごはんを、茶碗に盛りつける。

水を張ったボウルに入れてあったのは、庭に植わっている山椒《さんしょう》の新芽だ。いわゆる木の芽の水分を取ってから掌《てのひら》で叩くと、ふわっといい香りが漂う。

それをごはんの上に載せて、子狸の前にことりと置いた。

「これは？」

彼が鼻を蠢《うごめ》かすのが見えた。

「君が持ってきてくれた、たけのこを入れたごはんだよ。ほら、たけのこのグリルと若竹煮《わかたけに》もあるよ」

若竹煮はすでにテーブルに並んでいるし、たけのこのグリルはオーブンから天板ごと取り出して示してやる。

「たけのこ……」

合点がいかぬように、子狸は呆然と繰り返す。

「え？　君が好きだから、探してくれたんじゃないの？」

「にんげんがすきなのは、ぞんじておりますが……わたくしめは、くちのなかでしわしわするので、あまり……」

「ああ、えぐいのが嫌なんだね。でも、ちゃんと処理したよ。食べてみて」

「うむう……」

スプーンを手にした子狸はためらいつつも一口分をすくうと、そっとそれを口許に運ぶ。

はむっ。

「‼」

つぶらな目が、ぎらっと輝く。

「ふおお…おおおおおお……⁉」

興奮に駆られてか、子狸は雄叫びを上げる。

「や、やわらかく……ほのかなあまみ……これは……!!」

もしかしたら相当口に合わないのではとどきどきしたが、そうではないようだった。

「くちに、はるのにおいがひろがります」

春の匂いとは、山椒を指しているのだろうか。

山を駆け回る狸らしい表現に、悠人は自《おの》ずと目を細めた。

「君が取ってきたたけのこだよ」

「たけのこ……すごい……」

子狸はすっかり頬を上気させている。

「でも……」

と、いきなり子狸ががくりと肩を落とした。

「ん?」

「でも、これではごおんがふえてしまう……おいしいものばかりたべて、いいことをしていないのです……」

「たけのこは君が持ってきてくれたから、五分五分じゃない?」

「それではこまるのです」

途方に暮れたような顔つきになった子狸が、悠人は少し気の毒に思えてきた。

この子は何となく、自分に似ている。

やらなくちゃいけないことはわかっているのに、どうすればいいのか迷っているような部分が。

「でも、おいしい……とまらないのです……」

「僕も、食欲がもりもり出てくるよ」

褒められていると、悠人のごはんも今までよりずっとおいしく感じられる。

——そうじゃない、か。

たぶん、誰かと一緒に食卓を囲めるのが楽しいからだ。

一人もいいけど、二人だって楽しい。

何よりも、似た者同士だったら、案外、上手くやっていけるかもしれない。

家主の羽山に説明する必要はあるが、それはなんとかなるだろう。

「しばらくここにいる?」

その言葉は、自然と零《こぼ》れ落ちた。

「え?」

「だって、行く場所もないんだよね」

「ありません……」

子狸はしょんぼりと肩を落とす。

「でしょ？　一宿一飯《いっしゅくいっぱん》の恩義とかは面倒だから気にしなくていい」

「ですが……わたくしめは、なにも……」

ちびっこなんだから何もできなくていいが、それでは彼の気が済まないのだろう。

「なら、家の手伝いでもしてもらえれば、それでいいよ。あとは、家に上がるときは人型になること。それを守ってくれれば」

「いいのですか⁉」

「うん」

悠人は笑みを浮かべ、それから「名前は？」と初めて尋ねた。

「もう、よくおぼえていないのです……わたくしめは、ふつうとはちがうので」

子狸はいじいじとテーブルを指先で引っ掻いた。

「うーん……でも、名前がないのも難しいな。だったら、ぽんたにしよう」

ほんの思いつきだったが、響きがなんだか可愛らしくていいかもしれない。

本当は、名前をつけるのはためらわれた。

一度名づけたら、情が移るのはわかりきっていたからだ。

けれども、頭の中でプロットをこねくり回すときと一緒だ。

特定の人物について考えたとき、『名前』という手段がないと、どうもぼんやりとしてしまう。

それに、しばし一緒にいるのなら、やはり名前は必要だった。

「ぽんた？　ゆらいはございますか？」

「うん。ぽんこつのぽんだ」

「それはひどいです‼」

さすがにぽんこつの意味はわかったらしく、ぽんたは顔を真っ赤に染める。

「冗談だって。ぽんぽこりんのぽん」

「うぬう……では、ごしゅじんは⁉」

「僕は三浦だよ」

悠人はさらっと答えた。

「みうらさま……はて、ひとのなまえはもっとながいのでは？　したのなまえがあるような」

「あ、それは内緒」

悠人はその点は突っぱねる。

「ふえぇ？」

「だから、うかつに名前を教えると大変なことになるのが普通だよ。君はちびっこだけど、化け狸なんでしょ？」

「ぐぬぬ……」

真っ赤になった子狸――ぽんたの手許のお茶碗がからっぽだったので、「お代わりする？」と聞いてやる。

「はい！」

今までのやりとりを忘れたように、ぽんたは両手で茶碗を差し出した。

「どれくらい？」

「たくさんです‼」

食卓に響く明るい声は、思ったよりもずっと、悠人の心を軽くしてくれるものだった。

第2話

初夏

友情の鎌倉あじ尽くし

第2話　初夏　友情の鎌倉あじ尽くし

1

六月。

観光スポットとして超有名どころの長谷寺《はせでら》をはじめとして、鎌倉《かまくら》には紫陽花《あじさい》がきれいな場所が多い。街路樹や庭木として紫陽花が植えられているのを見かけると、つい、足を止めてしまう。

紫、ピンク、白。

色とりどりの紫陽花は、見ているだけで気持ちが華やいでくる。丸くて華やかな西洋紫陽花も愛らしいけれど、悠人《はると》は地味な額紫陽花が好きだ。

花の便りが聞こえてくると、鎌倉は紫陽花日当ての人が次第に増えてにぎやかになる。

鎌倉の狸——プロット用のコピー紙にそう書きかけて、悠人はぶんぶんと首を振る。

さすがに、これじゃだめだろう。

ノンフィクションっていうのも柄じゃないし、かといって、鎌倉で化け子狸を拾いましたなんていうのも、あまりにも荒唐無稽《こうとうむけい》だ。

「いけません！　このじゃがいもはごしゅじんのなのです！」

畑から響くぽんたの声に思考を遮《さえぎ》られ、悠人は眉をひそめる。

芽が出てしまったじゃがいもを埋めたのが、春先だ。じゃがいもは順調に育ち、そろそろ収穫できそうだった。ぽんたはそれを誰かに奪われまいと必死なのだろう。

幸いこの家は坂の上なので、わざわざあの急な坂を登ってのぞき込む人がいない限りは、誰かにしゃべる狸を目撃される不安はない。けれども、近くにハイキングコースが設定されており、天気がよければ、外からのお客さんに遭遇することもあった。

ぽんたはまだ幼い化け狸なので、すぐにしっぽや耳が出てしまう。狸型が素で、次に楽なのが耳しっぽつきの幼児、完璧なちびっこ姿は満腹であっても保たないそうだ。

そういえば、オカルト的には、ぽんたは写真には写らないのでは？　とスマホで何枚か撮ってみたが、幼児のときでも耳もしっぽも普通に撮影できていて、なぜだかがっかりしてしまった。

「だめですう！」

外からは、断続的にぽんたの声が聞こえてくる。

おそらく、犬猿の仲の台湾リスと戦っているのだろう。犬と猿じゃないんだから、『狸リスの仲』というのが正しいのかもしれない。

「ふあ…」

朝食後だというのに、まだ眠い。

一方、ぽんたは栄養分を腹に入れたせいかとても元気だった。

ぴらっと遮光カーテンの端を捲って外を見ると、瓦屋根の向こうに見える家庭菜園では、茶色い毛玉たちが睨《にら》み合っている。

彼らの戦いは実際に手を出すというよりも、プレッシャーのかけ合いだ。

殴り合いよりはいいので、肉弾戦が始まるまでは見守る方針を立てていた。

台湾リスに体格的に張り合えるようになってきたらしく、じりじりした関係は続いている。

そうでなくとも、最近、ぽんたはあからさまにもりもりと大きくなってきた。要は成長期なのだろう。

どうして仲良くできないのかなあ……。

うっかり最初にお礼を伝えてしまったせいで、ぽんたは畑の作物を守ることに使命感を持っているようだ。むろん、獣たちに野菜をすべて食い荒らされると困ってしまうが、さすがに食べ尽くされたりはしないだろうから、分けてあげたってかまわないのに。

どうやら、彼らは単純に反りが合わないらしい。

ぽんたの居候はかまわないのだが、誰かと暮らすのが数年ぶりなので、久しぶりの生活に自分でも戸惑っている。そしてそのせいで、ペースを乱されなかなか仕事に手がつかないのだ。とはいえ、それもまた言い訳かもしれないけれど。

もう少しぽんたについて知らなければ、ネタにもできない。そのためには取材と観察あるのみだ。

そこで、ドアホンが鳴らされる。

覚えはないが、宅配便でも届いたのだろうか。

ぱたぱたと階段を駆け下りて靴箱の上にあった印鑑を掴んだところで、返事もしていないのに、からりと引き戸が開いた。

「よう、悠人」

玄関先に立っていたのは羽山《はやま》で、シャツにジーンズのラフな服装だった。ほかの担当小説家を訪ねるときはちゃんとスーツを着ているのだろうが、今日はいつもと変わらない雰囲気だった。

「げっ」

「なに、その反応」

気を悪くした様子もなく、羽山はあくまでにこやかだ。

癖《くせ》のある茶髪に、まなじりが少し垂れた愛嬌のある顔つき。人懐っこいオーラが全面に出ていて、コミュ強だろうと悠人が最初は警戒していたのも、見た目があまりにも自分とかけ離れているせいだった。

「いや、来るって言われてなかったし」

そうでなくともプロットができていないところに担当編集が出現したのだから、どきどきしてしまう。

「ごめんごめん。連絡したつもりで忘れてた」

羽山は申し訳なさそうな顔になるが、彼は特に悪いとは思っていないだろう。ふわっと軽いのは苗字のとおり。名は体を表すとはよく言ったものだ。

もっとも、羽山は陰キャの悠人と違ってイケメンだし、人当たりのよさも抜群だ。

「ここまでどうやって来たの？」

「タクシー」

「……そうだよね」

汗一つ掻かずにどうやってあの坂を登ってきたのかと思ったが、タクシーとは贅沢な。

「それで、調子は？　プロット待ってるんだけど」

「うっ」

唐突にプロットの話をされ、言葉に詰まった。

「まさか忘れてたとかじゃないよね。ほかの仕事とかぶってた？」

口調はやわらかいものの、そう言われると心が痛む。

むろん、貴重な仕事の足がかりを忘れるわけがないが、進んでもいなかったので、連絡を取れなかったのだ。

「ちょっと立て込んでて……」

「原稿以外で？　もしかして、釣り？　畑仕事？」

「そういうんじゃなくてさ」

言い淀んだところで、縁側に面している居間の網戸がからからと開いた。

「ごしゅじん！　やりました！　ついにたいわんりすをおいはらったのです！」

走り込んできたのは、間の悪いことにぽんただった。

家に入るときは人型になるルールのおかげで耳としっぽを引っ込めていたが、手脚は泥だらけだ。板敷きの部分に点々と足跡が残っているので、あとでなんとかしなくては。

ちなみにぽんたには悠人の姓だけ教えてあったのだが、どうも呼びづらいらしく、『ごしゅじん』で定着している。

「……誰？」

幼児に目を留めた羽山は眉をひそめ、怪訝そうに尋ねる。

「あ、これは……」

一瞬迷ったのは、羽山は一応マスコミ関係だし、ぽんたのことを教えると公表したがるのでは、という懸念のせいだった。ぽんたの出現で乱された生活を、さらにぐちゃぐちゃにされるのは御免だった。

「もう少し、外で遊んでて」

悠人が頼むと、ぽんたは素直に「はーい」と答えて縁側に向かった。

「もしかして、近所の子？　あんな子いたっけ？」

不審げな様子だが、当然だろう。

「うん、えっと、そうなんだ。ちょっと預かってて」

「へえ。おまえが近所づき合いするなんて意外」

彼はそう言いながら、自分の持ってきた手みやげを食堂のテーブルに置いた。

「とりあえず、おみやげ買ってきたから。食べながら話そう」

「わらび餅？　『小寿々《こすず》』の？」

「うん」

「やった！」

小寿々のわらび餅は悠人も好物なのだが、そこまで家計に余裕がないので、特別なときのおやつだ。

「じゃ、緑茶淹れるよ」

「よろしく」

悠人がきちんと温度を測ってとっておきの知覧茶《ちらんちゃ》を淹れているあいだに、彼はわらび餅を皿に盛りつける。

この辺は阿吽《あうん》の呼吸だった。

「よし、食べようぜ」

「あ、待って。ぽんたのぶん、取っておくから」

「ぽんた？」

その名を聞き咎め、羽山が怪訝そうに聞き返す。

「……さっきの子」

「なんだか妙なあだ名だな、人間っていうより猫とか……いや、狸みたいだ」

「う、うん、まあ」

まさか本名とは言えないので、あいまいに首を縦に振る。

それよりも、『ごしゅじん』の部分を聞き咎められなくてよかった。

「でも、これ、結構弾力があるから子供にはまずくない？　喉に詰まったら大変だろ」

「そういうのは平気じゃないかなあ」

「だめだめ。預かった子なら、無事に返すまでがこっちの責任なんだし」

びっくりするほどの正論に、「うん」と頷かざるを得なかった。

「じゃあ、さくっと食べよう。あの子が欲しがったら可哀想だし」

「ずいぶん気を遣うな。ま、それならあっちに持ってくよ」

こうして二人で居間に移動したのだが。

「……きなこの匂いがします！」

タイミング悪く戻ってきたぽんたの声に、そそくさと片づけてしまおうという計画は阻害された。

「それは何ですか⁉」

「これはわらび餅だよ」

「わらび……もち……初めてきくことば……」

ぽんたはきらきらと目を輝かせているが、悠人は「ごめんね」と即座に謝った。

「これ、ぽんたにはあげられないんだ」

「なぜですか⁉」

「だってほら、喉に詰まったら困るだろう？　君はちっちゃいし」

羽山は助け船を出してくれたが、ぽんたはなおも不服そうな面持ちだった。

今まで悠人と同じものを食べていたのに、突然禁止されたのだ。いったいどういうことかと、内心で驚いているに違いない。

「お客様が来てるから、あっちで遊んでてもらっていい？」

口をへの字に結び、ぽんたはどこかおどおどと羽山の顔色を窺う。

初めて出会う来客との距離を測りかねているのかもしれなかった。

「ぽんた、あっち行ってて」

「……はあい」

悠人の言葉に逆らいがたい空気を感じたらしく、すごすごとぽんたが居間から出ていく。

「それで、プロットってどうなってんの？」

「ごめん……それが全然」

近ごろの懸案事項に話題が及び、悠人は自分でも恥ずかしくなるくらいに見事にうなだれた。

「プロットを出してくれないと、企画会議にも出せないからさ。気合い入ったプロット書いてもらったのに、釣りネタがだめだったのは、本当に申し訳ないけど……」

「うっ」

小説家側はプロットを提出しただけでは、一円のお金にもならない。従って没プロットは、完全に無料奉仕になる。だからこそ、少しでも会議を通過する可能性の高いものを提出しなくては、無収入期間が続いてしまう。

「こんなこと言いたくないけど、駆け出し小説家は、なるべく意識して露出を続けないと。せっかく一作目で好感触だった読者からも忘れられちゃうし、それ以前に、インパクトがある作品も出してないだろ。おまえの代表作ってもう書けたのか？」

「うぐ……」

ぐさぐさと突き刺さることを言われても、何一つ言い返せない。わらび餅を前にしゅんとしたところで、いきなり、ぱあんと勢いよく居間のドアが開いた。

「ん？」

どすどすと走り込んできたのは、見たこともない茶髪の男だった。

髪は短く、たれた目は黒々とし、Tシャツからは毛深い腕がぬっと出ている。

がっしりとした体躯で、Tシャツとジーパンは悠人のものだったが、ジーパンのファスナーもボタンも全開だ。

もしかして、人の服を勝手に着る新手の変質者とか……⁉

彼は羽山の椅子とテーブルの隙間に強引に入り込み、二人のあいだに立ちはだかった。

「いじめちゃいけません！」

「は？」

羽山と悠人はきょとんとし、男性越しにお互いの顔を見合わせる。

「ご・し・ゅ・じんをいじめちゃだめなのです！」

まさか、ぽんたか？

子供以外にも化けられたなんて、初耳だ。思わぬ隠し球を見せつけられ、目を白黒させてしまう。

この状況で、羽山にぽんたの正体を知らせずにどうやって収拾をつけるのか。

とんでもない難局だった。

「誰、これ？　さっきのちびっこの関係者？」

羽山は察しがよかった。

「あ、いや……この子は……」

長年の友人に小手先のごまかしは通用しないので、必死で言い訳を探す悠人は口ごもった。

「なに？　友達が転がり込んでるとか？　さすがにそれは報告が欲しいんだけど……」

自分の家が何に使われているのか、普通だったら把握しておかなければ心配なはずだ。犯罪組織に利用されていたなんてことになれば、目も当てられない。

できる限り淡々と説明すれば、羽山も同居相手が狸なのをスルーしてくれる……わけがあるはずもない。むしろ、可愛いものに目がない羽山のことだから、必要以上に騒ぐに決まっていた。

おまけにしっぽが……しっぽ⁉

青年のデニムの尻がぱつぱつになり、ウエストからしっぽがはみ出している。

このままだと、耳も出るのは時間の問題では⁉

「おい、ぽんた！」

背後から慌ててぽんたのしっぽを引っ張ると、彼が「ひゃあっ」と間抜けな声を上げた。

ぽんっ！

そんな効果音があれば完璧だっただろう。

Tシャツとデニムがばさばさと床に落ち、ぽんたの姿は掻き消えた。

「えええええええっ⁉」

まさしく、愕然。

今風のイケメンでそつなく何もかもこなす羽山だったが、さすがに驚愕にぽかんと大口が開いている。

「なに、今の……手品？」

羽山は呆然とし、床に落ちた衣類に視線を投げる。

「いやそうじゃなくて……」

「バーチャルリアリティみたいなやつ？　すごくリアリティあったけど、もう一度やってみて」

もうだめだ。これは、どうあってもごまかせない。

悠人は覚悟を決めた。

「そうでもなくって……その、リアルなんだ」

「は？」

「だから、本物」

「え？　ええ？　本物⁉」

さすがにリアリストの羽山は驚愕しており、声が完全に上擦っている。

「だって、今の人、どこに消えたの？」

「そこ」

悠人が落ちたままのTシャツを指さすと、「えっ？」と羽山は不審げな面持ちで脱ぎっぱなしの服を見下ろした。そのTシャツをもこもこと掻き分けるように、黒い鼻面の子狸が顔を出す。

「ぷはあ！」

「うわあ……もしかして、化け猫？」

「いやいや、猫に見えるか？」

ぽんたはどうすればいいのか迷っている様子で、口を噤んでうずくまっている。このまま黙っていれば、うっかり口を利いてしまったのをやり過ごせると思っているのかもしれない。

「じゃあ何だ？　ハクビシン？」

「狸です‼」

きっと顔を上げ、立ち上がったぽんたが地団駄を踏んだ。

「あー……ああ、そっか、狸か。そういえば狐と狸は人を化かすもんなあ……」

羽山は納得顔で、顎に手を当ててうんうんと何度も頷いた。

「そこ、もっと驚かないのか？　化け狸だよ？　おかしくない？」

「だってここ、鎌倉だし」

羽山の口から、すさまじい発言が飛び出した。

「は？」

「さすがに東京だったら仕込みを疑うけど、鎌倉なら何が起きても驚かないよ」

「そういうもの？」

いくら何でも、すんなりと受け容れ過ぎじゃないのか。

「海も山も、神社仏閣もたくさんある。妙なことが起きたって不思議じゃないからね」

あまりのおおらかさにこちらこそびっくりしたものの、かといって信じてもらえないのも非常に困る。

「この子、噛む？」

「え、噛まないよ」

「そっか……よーしよしよし。可愛いなあ！　もっふもふ！」

床に片膝を突いた羽山がすっと手を差し伸べたので、ぽんたは顔を上げて黒い目で悠人の表情を窺う。

その隙を突いて、羽山が顔に似合わぬ乱暴さでわしゃわしゃとぽんたの毛を撫で始めた。

「うひいいいいいい」

羽山にぐりぐりと頭を撫でられて、ぽんたは悲鳴を上げる。

「ごめん、嫌がってるから、やめてあげてくれる？」

「ええ？　気のせいじゃない？」

羽山はにこにこと屈託なく笑いつつも、その手を止めない。そういう無邪気さもまた、
羽山の持ち味なのだ。

「嫌だって」

その瞬間、羽山の手が緩んだようだ。

ぽんたはするりと羽山の手から抜け出すと、ささっと悠人の背後に隠れた。ぴるぴると震えるぽんたのしっぽが、まるで影絵のように床板に映っている。

「はあああ……ひどいめにあったのです」

肩で息をつき、二本足で立ったぽんたは前肢で悠人のふくらはぎにしがみつく。

「こんな珍しい子、どこで見つけたの？」

「扇ガ谷《おうぎがやつ》のあたりで、台湾リスに襲われてるところを助けたんだよ」

「すごいな」

ぴゅうっと彼がへたくそな口笛を吹く。

羽山の数少ない欠点のうちの二つは、音痴《おんち》なのとスポーツが苦手な点だ。担当作家にカ

ラオケに誘われたときなど、本人も相手も地獄を見るらしい。

「駆け出し小説家、化け狸と同居生活！　ノンフィクションでどう？」

「どう考えても色物じゃないか。書けるかすらわからないよ」

「真面目だなあ、おまえは」

　羽山はわざとらしいため息をついた。

「で、しばらくその狸と暮らすの？」

「うん、なんかわけありみたいだから。順番が逆になっちゃったけど、許可をもらえないかな。今のところ家を汚したりしないし、トイレもちゃんとできるし」

「いいよ」

　羽山はさらっと答える。

「いいの⁉」

「だって、だめって言ったら路頭に迷うんだろ？　一度人間の生活を覚えたら、さすがに、元に戻れないんじゃない？」

　さりげないが重い突っ込みを入れられ、一瞬、息が止まりそうになる。

「でも、それとプロットできてないのは別の問題だからね」

　ぴしっとした台詞に、悠人も姿勢を正した。眼鏡のブリッジを押し上げ、真剣な顔つきで頷《うなず》いた。

「了解。――それで、今日は泊まってく？　もしそうなら、買い出しに行くけど」

「いや、本を取りに来ただけなんだ。昔読んだ絶版の本、資料に貸そうと思って」

「それだけ？」

まさかそれだけのために、東京から北鎌倉へ戻ったのだろうか。もちろん、ここから都内に通勤している人もたくさんいるし、羽山も通学してたそうだ。けれど、久々だとかなり面倒に感じるはずだ。

「先生が茅ヶ崎《ちがさき》の人だから、渡したら会社に戻るよ。今日、色校出るし」

「お疲れ。でも、教えてくれたら会社に送ったのに」

「まあそうだけどさ……待てど暮らせどプロットが送られてこないから、様子を見たくて」

「うっ」

そうか。全没の影響で、へこんでいると誤解されたに違いない。

むろんへこんではいたけれど、ぽんたとの生活が始まったのでそうしてはいられなかった。

「元気そうで安心したよ。下手に思い詰められても困るし」

「ごめん心配させて」

「いいよ。――じゃあな、狸」

ぽんっと頭を叩かれてぽんたは竦《すく》み上がった。

「ふえっ⁉」

「悪さをして悠人を困らせんなよ」

「こまらせてないです！」

狸のままで、ぽんたは声を張り上げた。

「それはよかった。またな」

少し名残惜しげな表情だったものの、羽山は言葉どおりに本を探すとさっさと帰ってしまった。

嵐のような一時間だった。

羽山を送り出してから、居間のソファに腰を下ろした悠人はぐったりと力を抜く。

疲れた……。

「ごめんなさい、ごしゅじん」

ぽてぽてとやって来たぽんたは、太いしっぽを力なく引きずっていた。

「え？」

今の心の声が、どうやら言葉になってしまっていたようだ。

「いけないこと、したでしょう？」

「ああ、さっきの？　いいよ、僕がいじめられてると思って庇ってくれたんだよね。ありがとう」

　大人になると、誰かに助けてもらうシチュエーションなんてめったにない。

　今にして思うと、とても嬉しかった。

「そのつもりでしたが……わたくしめではちからがおよばず……」

「そんなことないよ。あ、それより、大人に化けられたんだね」

「ふふん、なみのたぬきではありませんから」

　ぽんたが胸を張る。

「だけど、もしかして、時間的にはあれが限界？」

「はいっ」

　勢い込んで頷くぽんたのしっぽが、ふんふんと左右に揺れる。

「緊張してたとかじゃないのか」

　ということは、下手に化けられても困る。今回は気心の知れた羽山だったからいいものの、人前でいきなり狸に戻られたら目も当てられない。

「ほかに何になれるの？」

「おみせいたします！」

　ぽんたは自信ありげに胸を張ると、腹のあたりを探ってどこからともなく葉っぱを出す。

「え？　その葉っぱどこから……」

「ほいさっ」

くるりんと一回転。

気づくとそこには、美しい女性が立っていた。

見るからに艶《あで》やかだが——全裸だった。

「お……」

思わず声を上げたが、次の瞬間にはぽんっというにぎやかな音とともに、目の前の美女は掻き消えていた。

「へにょお……」

ぽんたは変な声を発すると、狸の姿に戻って、じゅうたんの上で四つん這いになる。

「どうしたの⁉」

「おなかがすいたのです……」

「ガス欠か」

なるほど、と悠人は納得した。

「ごめんごめん、さっきのわらび餅残してあるから、少し食べる？」

「きなこですか⁉」

ぽんたがぱっと顔を上げる。そうしたあたりは現金なものだったが、注意するほどのことでもない。

「うん、そうだよ」

「いただくのです！」

「待っててね、準備するから。……ん？　でも、子供の格好のときは、結構長持ちするのはなんで？」

「じぶんのとしにちかいから、とおもいます」

「なるほど。大人になるのは背伸びしてるってことか」

妙なところで納得した悠人は、おやつを出すために立ち上がった。

2

——狸と仲良くなりたい。

普通の人間からもらったら、疲れているのかなと当人の疲労度に思いを馳せるメッセージだったけれど、今の悠人にとってはさして疑問もない。

とはいえ、送信者が羽山だったので、それを目にした瞬間「？？？」というスタンプを送ってしまった。

羽山はもう一度「狸と仲良くなりたい」と書いてきたきり、続報はなかった。

どうやら、ぽんたとのファーストコンタクトで失敗したことを気に病んでいるらしい。

「……甘酸っぱすぎ……」

椅子の背に寄りかかり、頭の後ろで手を組んだ悠人は、ぼそりとつぶやいてしまう。

ぽんたは最初から、彼を拾った悠人に対しては友好的だ。

けれども、羽山は悠人を理不尽にいじめる敵として認定してしまったらしい。

なのに、羽山はなぜかぽんたに興味を持っており、友好関係を築きたいと考えているらしかった。

奇妙な三角関係なのはさておき、ちょっと感動してしまう。

というのも、大人になってしまうと、友達っていうのはあえて作りにいかない。友達なんてできなくても、それなりにやっていけるからだ。周りの同僚やゼミの同級生、そういったものとはそつなくつき合えるけど、深入りせずにやり過ごすのも難しくない。

だから、誰かと仲良くなりたいとてらいなく表現できる羽山の感情のみずみずしさに、心を打たれてしまったのだ。

悠人自身がもう少しぽんたと話をできれば、彼が悠人と仲良くする糸口も見えてくるんだろうか。

ただ、未だにぽんたとは踏み込んだ話はできていない。

出会ったばかりのころに話していた、和尚様とか『いいこと』とか、そのあたりの内容がわかればもっと力になってあげられるのに。

「……いや」

だめだめ。

ぽんたにばかり、気を取られていてはいけないのだ。

とにかくプロットを仕上げて、羽山に送信しなくてはいけなかった。

それから、平穏な日々が一週間ほど過ぎた。

「よう」

「羽山……」

午前十一時。

玄関に立っていたのは、羽山だった。校了明けなのは、SNSでメッセージが届いていたので把握しているが、見るからによれよれだ。

「狸いる?」

「ぽんた? いないけど、どうしたの?」

「なーんだ、いないの?」

途端つまらなそうな顔になり、羽山は「はい」と悠人に荷物をまとめて押しつけてきた。『鎌倉紅谷《かまくらべにや》』の紙袋と、もう一つは、ありふれた白いビニール袋だった。

「これ、おやつと夕飯だから。俺は寝るわ」

「寝に来たの？」

「そうじゃないけど、限界」

「……おやすみ」

靴を脱いで上がり込んだ羽山は二階にある元自室に入ったらしく、ぴしゃりと襖を閉める音が聞こえてきた。

──相当疲れてるな、あれは。

羽山は基本的に躾《しつけ》が行き届いていて、こういうときは靴をちゃんと直す。それが、脱ぎっぱなしの靴を顧みないなんて、よほど疲労している証拠だろう。

何か問題が起きない限り、そのまま放置しておこう。

触らぬ神に祟りなしだった。

「やった、『クルミッ子《こ》』！」

もう一つは、純白の釜揚げしらすが詰め込まれたプラスチックのパックだった。釜揚げしらすは鎌倉の名物だが、漁の結果に左右されるので、いつも手に入るとは限らないのだ。また、漁師によって塩加減も微妙に違うので、気に入るしらすを買うのは難しい──といつだったか、羽山が零していた。

今日のごはんは、しらす丼にしよう。

やがて。

夕方になって目を覚ました羽山は、大きく欠伸《あくび》をしながらのそりと食堂に顔を出した。

羽山の茶髪はぐちゃぐちゃに乱れていて、目もしょぼしょぼで、イケメンがだいなしだ。

「おはよー……」

「おはようって、これから夕飯だよ」

「あー……うん」

「なんかいつも以上にぼろぼろだけど、大丈夫?」

「校了間に合わなくて工場に行ったから……」

「うえ……お疲れ様」

羽山たちの出版社がメインで使っている印刷所の工場は、埼玉《さいたま》の僻地《へきち》にあるそうだ。当然、新人小説家の悠人はそこまでの無体を働いたことはないが、ぎりぎりの進行のケースは編集がそこまで出向くと聞いた覚えがある。

「ビールビール」

羽山は歌うように言いながら、緩慢な仕種で冷蔵庫を開ける。それから、『鎌倉《かまくら》ビール』の小瓶を取り出した。

栓抜きを手に取り、瓶を開ける。

「悠人、飲む?」

「はうっ! それはごしゅじんの!」

喉が渇いたらしく、ぱたぱたとやって来たぽんた(狸形態)の突っ込みに、羽山は振り返ってにやりと笑った。

「これは俺の。前に来たとき買っておいたんだ」

「ええっ」

がーんとぽんたはショックを受けている。

「そもそも、この家の家主は俺だよ。おまえは居候。つまり俺がおまえのご主人様になるわけ」

「えええっ」

さらなる衝撃にぽんたはすっかり目を見開いている。

「ごしゅじんが、ふたり……!?」

驚くポイントはそこだったのか。

普段世話をしているのは悠人なのに、やはり、彼の中では家主のほうが偉いのかもしれない。

「それより、クルミッ子もらったんだ。あとで食べようよ」

「クルミッ子……？」

有名な鎌倉銘菓はいくつもあり、中でもクルミッ子は人気も知名度も抜群だ。なのに、意外にもぽんたは首を傾げる。

「これだよ」

ぽんたにも見えるように、さっき羽山に渡された紙袋を示してやる。すると、彼は大きくその黒い目を瞠った。

「な……」

喜びに震えているのではないかと思ったが、どうも違うようだ。その目は爛々《らんらん》と輝き、ある一点を睨みつけている――ロゴマーク……だろうか。

「あれ？　甘いもの好きじゃないっけ」

「たいわんりすのすぃーつなど……！」

クルミッ子を食べた経験はないはずだから、いわゆる食わず嫌いというやつだ。

「パッケージのこのリスは日本のリスらしいよ。すごくおいしくて大人気なんだ。知らないの？」

「無理に勧めなくていよ。ぽんすけが食べないなら、俺が食べるだけだし」

「だね。おいしいもんね、クルミッ子」

ならば、とクルミッ子の包みは戸棚にしまい込み、悠人はビールのおつまみを先に出すことにした。

「おつまみ、枝豆でいい?」

「いいけど焦げてない?」

「蒸し焼きだよ。食べてみて」

枝豆の入った皿をテーブルに置くと、彼は一個手に取る。それを口にして、「うまい」と声を上げた。

「ふつうの枝豆なのにすごく甘いな」

「でしょ? あとはなす」

「これ、うちで採れたのか?」

「そうだよ。かたちは悪いけど」

レンチンしたなすを、めんつゆと豆板醤《とうばんじゃん》で味つけしたものだ。シンプルなレシピだけど、これがまたおいしい。味が染み染みになっていて日持ちする。

「今日はどうしたの?」

「有休全然取ってなくて注意されたから、少し休もうと思ってさ」

「消化しないと怒られるんだっけ」

「そうそう。あとは、狸が気になるし」

直球を投げられて、悠人は眉をひそめた。

「そこまで?」

「そう。俺はずっとここに暮らしていたけど、あんな化け狸に出会えなかったわけじゃん?　おまえと何が違うのかなって」

「単に道に落ちてたのを拾っただけだし……正直、ただの偶然だよ」

「巡り合わせみたいなものって感じないのか?」

「そういう運命的なものは何にも」

占いに素敵な出会いがどうこうと示されていたが、ぽんたの食費はかかるし、衣服も靴も揃えなくてはいけなかった。結構な出費があったのを考えると、素敵かどうかは判断しづらかった。

悠人はあっさりと首を横に振った。

「それはそれで惜しいな」

「ぽんたと仲良くしたいなら、二人で共同作業でもやってみたら?」

「共同作業?　あいつ、普段何してるの?」

ビールを飲みながら不思議そうに問われて、悠人はにやにやと笑ってしまう。

「なに、その悪い顔。もしかして人を化かしてるとか?」

「じゃなくて、畑の世話。水やりとか、台湾リスに荒らされるの防止で見張りとか」

「いいけど、せっかくの有休を使って畑をじっと監視するのもせつないよなあ……」

羽山はぼやく。

「何なら、一緒に出かけてみたら？　リュックにすっぽり入るよ」

「それだと会話できないじゃん。背中に向けて話しかけてたら、さすがにやばすぎない？」

「そりゃそうか」

冗談だとはわかっていたけれど、羽山の返答がおかしくて悠人は噴き出した。

「そうだ。明日、釣りにいこうよ？」

「釣り？」

「うん、船釣り。たぶん、今からでも、ぎりぎり予約入れられる船宿あるし」

「賛成！」

そうでなくともプロットができあがらずに苦しんでいたので、気分転換は大歓迎だ。釣りの同行者が羽山だったら、合間に話ができそうなのも嬉しかった。

「ふふふ、釣り立てのあじを振る舞ったら、心をぐっと掴めると思うんだよね」

「そっちか……涙ぐましいなあ」

「仕方ないだろ。じゃ、あとで半日船を予約してみるよ」

とりあえず明日はあじが釣れたら、あじフライにしよう。ぽんたとはあじの開きは食べたが、あじフライはまだだ。きっと驚くに違いない。

「よろしく。——あ、ゆで豚の味つけ、何かリクエストある？」

「醤油とからしでいいんじゃない？　この瓶に入ってるの何？」

冷蔵庫に入れてあったジャムの小瓶を手に取り、羽山は不思議そうに首を傾げている。

「あ、それ、柚塩」

「柚塩？」

「うん、柚の皮を粗塩に入れてある。おいしいよ」

「へえ。ああ、庭に柚が植わってるもんな。だいだいはどうしてる？」

「皮が固くて、使うのも難しそう」

だいだいは魔除けの役割を果たす木で、季節になると大きな実がなった。

「だいだいはマーマレードにしてたなあ。結構酸味強めだったけど」

「あの固い皮、どうやって剥いてたんだろう」

「力任せじゃない？」

「下手なナイフを使うと、指まで切れちゃいそうだけど」

くすくすと笑ったところで、「ごしゅじん！」とぽんたが走り込んできた。

「いいにおいです！　たまらんです！」

「もうすぐできるよ。ちょっと待って」

柑橘類の爽やかな匂いは、狸も大丈夫なようだ。

「あ、明日は僕たちは釣りにいくから、ぽんたは留守番してててね」

悠人が切り出すと、ぽんたは「つり？」とぴこんとしっぽを揺らす。

「なにをつりに？」

「あじだよ。このあたりは一番簡単に釣れるから」

「じゅるり……」

悠人の代わりに答えた羽山の言葉を聞いて、ぽんたが舌舐めずりするのがわかったので、悠人は急いで釘を刺すことにした。

「ぽんた、言っておくけど、狸は釣り舟には乗れないからね」

「ひとのこどもになれまする」

「だーめ。ライフジャケットをちゃんと着られないようなちっちゃな子供は、乗れないの。おまえは変身が保たないじゃないか」

「おのれのくいぶちは、おのれがかせぐのです！」

どうしてこういうときだけ語彙がすらすら出てくるんだ……。

もっとも、ぽんたは見かけと思考こそは子供なのだが、妙な知識は持ち合わせている。

ぽんたは自分が生まれ変わっていると言うが、さすがにそれは信じられなかった。

子供と侮るのは、ぽんたに対しても失礼な話なのかもしれない。

しかし、それとこれは別の話だ。

「とにかく無理。羽山からも何か言ってよ」

「まあ、いいんじゃない？」

「えーっ⁉　危ないよ⁉」

いや、羽山が説得をしてくれるわけがないのだ。

羽山は羽山でぽんたと親しくなりたいのだから、懐柔策に出るに決まっていた。

常識人なのは自分だけなのかと、悠人はがっくりとうなだれる。

「化ければなんとかなるって。このあいだも大人に化けていたじゃないか」

「三分と保たなかったの、羽山も見たでしょ？」

だが、ここで羽山とぽんたが友情を結んだほうが、のちのちいいかもしれないとも思う。

何だかんだで羽山は家主なわけだし、ぽんたをここで居候させる権利を持つのは彼だった。

いつまでぽんたがここにいるかは不明なものの、できることなら家主と仲良くしてほしい。

釣りがそれを取り持つのであれば、いい機会ともいえる。

悩ましい問題だった。

「まあまあ、少しくらいいいじゃん」

「ごしゅじん〜‼」

二人から熱い視線を受け、悠人は渋々首を縦に振った。

「ああ……もう、わかったよ……でも、せめて小学生くらいに化けられない？」

「しょうがくせいとは？」

「だから、子供は子供でももうちょっと年齢を上げて」

「ふむふむ、やってみるのです」

ぽんたはどこからともなく葉っぱを取り出し、くるりと一回転する。

と、目がくりくりとした小学校低学年くらいの子供が現れる。

「おお……すごいな！」

羽山が瞳を輝かせて、ぽんたの癖のある茶色い髪をくしゃくしゃと撫でる。

「えへん！」

鬱陶《うっとう》しそうに羽山の手から逃れつつも、ぽんたは精いっぱい胸を張った。

「上手いけど全裸じゃないか！　服も変身でどうにかならないの？」

「それはむりなのです」

やけにきっぱりと言われて、悠人は盛大なため息をつく。

「無理かあ……でも、服のサイズがあるかな」

「何か探してやるよ。もしかしたら、俺の部屋に何か残ってるかもしれないしさ」

羽山が助け船を出す。

「……わかった。じゃあ、着替えたら、とりあえずごはんにしよ？」

「わーい！」

　ぽんたは嬉しげに手を叩いた。

「ごはんはなんでありますか？」

「茹でた豚肉と、しらす丼だよ」

「しらす？」

「鎌倉の名産だからね。まず、こうしてごはんを盛る」

　椅子に腰を下ろしたぽんたは、神妙な顔つきで悠人の手許を注視している。小さめのプラスチックのお茶碗に炊きたての白飯を盛りつけると、それをテーブルに置く。

　そして、さっきの釜揚げしらすのパックを冷蔵庫から取り出すと、スプーンを使ってしらすをざくっと掘った。

「えっ、悠人、それは子供には刺激が強すぎるだろ」

「これを、こうだ」

　白いごはんの上にしらすをどーんと山盛りに載せると、ぽんたが目を瞠った。

「これはいったい、どのような……？」

「食べてみて」

「はい……」

スプーンを手渡してやると、ぽんたはおずおずとそれをすくって口に運ぶ。

「‼」

まるで雷に打たれたように、ぽんたの身体がびくっと揺れた。

「ふ、ふわふわであります‼　しおからくて、ふわふわ‼」

ぽんたが興奮気味に、声を上げる。

「これが、しらすでございますか！」

「俺のおみやげだからね」

すかさず羽山がそう言うと、ぽんたは「ふおお」と悲鳴とも歓声ともつかぬ声を上げ、夢中になってしらすを口に運んだ。

3

翌朝。

「じゃ、出発するぞ」

「おー！」

目的地は、江ノ電《えのでん》の腰越《こしごえ》駅だ。

まずは徒歩で鎌倉駅へ向かい、そこから江ノ電に乗る。荷物が重くなっているはずの帰りは、鎌倉駅からバスに乗れば、めちゃくちゃ楽ができる。

ぽんたは疲れてしまうかもしれないので、彼の着替えをリュックに詰め込み、悠人のショルダーバッグの中に入ってもらった。

もちろん、窒息すると困るので、バッグのファスナーは数センチ開けている。

釣りをしていて濡れるかもしれないので、念のため、着替えは二着持ったし、履き替え用のサンダルも入れた。おかげで、手荷物はかなりの重量だった。

「亀ヶ谷《かめがやつ》通るだろ？」

「うん、そっちのほうが早いし」

亀ヶ谷の切通《きりどおし》は昔ながらの塀などが残っていて、山を切り開いて鎌倉に入るルートを作ったのがよくわかる。

途中で行き合った散歩中の柴犬が、興味深そうにショルダーバッグの匂いを嗅いでいる。バッグの中から「ひいいい」と悲痛な声がしたので、ぽんたは犬が相当嫌いなようだ。

そういえば、そんなことを言っていたっけ。

「ふおお……おおお……」

柴犬が去ったあとも、バッグの中から、悲愴なぽんたの声が響く。

「大丈夫？」

「ゆれ……ゆれるぅ……」

どうやらショルダーバッグが激しく揺れるらしいが、かといって自力で歩かせて目的地に着く前にへばられても困る。

「そういやぽんたって酔い止めとか飲ませていいの？」

羽山に問われ、悠人は首を傾げた。

そういえば、考えた経験もなかった。

「どうだろ？　狸はまずいのかなあ。一応、子供も飲める酔い止めだけど」

そう、と頷いて羽山は思案顔になる。

「これで江ノ電乗れるかな？　結構揺れるよ」

「えのでん‼　のっていいのですか⁉」

「うん、元気だったらね」

途端にバッグの中のぽんたが興奮した声を上げたので、これは駅に着きさえすればなんとかなりそうだと判断する。

普段はここをスクーターで走っていくため、徒歩で通るのは久しぶりだった。

こうして駅に着くころには、少し汗を掻いていた。

朝のうちの鎌倉が空いているのは、お寺やら何やらが開いていないせいだ。海はその点二十四時間なので（当然、暗い時間は危ないが）、日によっては海沿いの駐車場などは早朝から混み合う。

どちらにしても幼児は無料なのでそのまま改札を抜けると、人影がまばらだった。

「じゃ、ぽんたの準備してくるね」

「うん」

ホームの奥にトイレがあるので、悠人はバッグに向かって声をかけた。

「ぽんた、着替えてこよう」

「はーい」

バッグの中から返事があった。

狭いトイレでぽんたを解放してやると、彼は葉っぱを取り出してくるんと一回転する。

洋式の便座に座った悠人は、全裸のぽんたにまずはパンツを渡す。

それからTシャツ、ハーフパンツ、靴下。

化け狸に日焼け止めは必要なのか？　という疑問は残るが、日焼け止めもきっちりと塗り込む。

靴を履いたぽんたは、確かに身長はいつもよりだいぶ大きい。

「うん、それなら大丈夫」

「ほんとうでございますか？」

「一日頑張れたら、夕飯のしらすの量を増やしてあげるよ」

釣り以外にモチベーションがあったほうがいいだろうと、悠人はそんな提案をした。

「えっ」

ホームに向かいつつ、ぽんたは声を上擦らせた。

「どれくらいですか？」

「スプーンに大盛り二杯」

「な、なんと……きのうのばいでございますか⁉」

ぽんたの声が震え、彼は真顔になって悠人を見つめた。

「がんばるのです！」

「うん」

麦わら帽子を被せると、ぽんたはどこからどう見ても低学年の児童だった。

「電車に乗るよ」

「はーい」

停まっていた車両に乗り込むと、ぽんたは先頭に行きたがった。

「これがでんしゃ！」

「あれ、電車初めて？」

「はいっ。ひかれるなかまはおおいので、なかなかちかづけないのです」

さらっと重い情報を織り交ぜられ、返す言葉もない。

ややあって発車のベルがホームに鳴り響いた。

ゆっくりと動きだす江ノ電は、電車初体験のぽんたにはちょうどいいだろう。

たたん、たたん……そんな音を立てながら、江ノ電が加速をつけてホームから滑り出す。

「おお……」

ぽんたは目をきらきらさせて窓の外を眺めている。

「こうして見ると、普通の子供だよなあ」

羽山がどこか感心したようにつぶやく。

「うん。頑張ってくれるといいんだけど」

「なんとかなるさ。俺たち二人がいるんだし」

「そう、だね」

楽しむと決めたからには、とことん楽しもう。

それが一番いいはずだった。


腰越にある釣り舟屋に着くと、ぽんたは特に疑われずに乗船申し込みができた。

頭には麦わら帽子を被っているし、たいていの釣り人は目の前の魚に夢中なので、ほかの人のことは気にしない。気になるのは、最後のお互いの釣果報告くらいだ。ぽんたの耳やしっぽが出ていても、装飾だと受け止めてスルーしてくれるだろう。

「ひゃあああ……揺れるのです！」

船に乗り移らせるときは手を貸したからよかったのだが、そのあとのぽんたのパニックはひどかった。

「大丈夫だよ。このあたりはそんなに深くないんだ。それに、ライフジャケットを着ているよね？　これさえあれば、絶対水に浮くから」

「ほ、ほんとうでございますか？」

「絶対平気」

釣り舟屋で借りたオレンジ色のライフジャケットを着せているが、初体験のぽんたにその性能を信じろといっても不安の一言だろう。

やっぱり、留守番させていればよかったのではないか。

ちなみに釣り人はライフジャケットの着用は義務で、着ないと船に乗せてもらえない。釣り舟から落下する事故が多いために決められたらしかった。

「あじはだいたいどんなことをしてもかかるから、魚群にぶつかれば問題ない」

「うう……」

「魚群に関しては、船長さんがレーダー見たり、ほかの船と連携しながら探してくれるから」

　レーダーなどと言ってもわからないかもしれないが、一応はぽんたは悠人の話を注意深く傾聴している様子だった。

「はいい……」

　神妙な顔で、ぽんたは青ざめつつも頷く。

　ちなみに釣り舟は前方は「みよし」で、後方は「とも」と呼ばれている。慣れた釣り人に人気があるのは、ほかの人の餌が流れてくる可能性があるみよし、もしくはともの四隅だ。空いていて座席を選べたので、悠人と羽山はぽんたを挟んでみよしに場所を取った。

　今日は平日なので、休日ほどには混んではいない。

　乗船してみると全体的にすかすかで、客と客のあいだは休日の三倍くらいの距離がある。子供料金は安いし、願ったり叶ったりだった。

　数人の釣り人は常連らしく、彼らはおしゃべりをしながら釣りの準備をしていた。

　釣り座——ベンチ状の長い座席の前には各自のバケツが置かれ、ほかにも釣り舟屋がセットしたイソメと赤タンの入ったプラスチック容器が並べられていた。釣り竿はレンタルだが、釣り針は購入しなくてはならないし、針をなくしたり使えなくなったりすることは多いので、消費量はなかなか激しい。

「餌はイソメでも赤タンでもどっちでもいいよ」

「あかたん？」

イソメはうねうねとしたミミズのような小さな虫。赤タンは赤く染めたイカの切り身で、大きさは五ミリ角くらいだ。人によっては、これを半分に切ってさらに小さくして使うこともある。

「釣り針は三つあるほうが効率がいいんだけど、ぽんたは一度に引っかかっても困るだろうから、二つまでにしておこう」

「はい」

ぽんたはようやくやる気が出てきたようで、真っ黒な目をきらきらとさせて、悠人の手許をじっと見つめている。

これからトライする釣りへの興味が尽きないのだろう。

その様子を見ていると、連れてきてよかったと思えてしまうのだから、我ながら単純だ。

好天だし潮目がいいのに平日なので、ほかの釣り舟も空いているようだ。

時々大きな貨物船が遠くを通行すると、大きな波が立ち、こちらの船が左右に激しく揺れる。

「ひゃあっ」

「あんなに遠くの船なのに、こっちにも影響あるんだな」

悠人が話しかけると、ぽんたはわかっているのかいないのか、複雑な面持ちで頷いた。

「それでは、始めてください。水深は……」

船が停まると船長の声がスピーカーから響き、釣り人たちが一斉に動きだした。

「餌はつけてあげるね。はい」

大人に比べるとぽんたは不器用だし、何よりも子供は飽きっぽい。最初は楽しいところだけをやらせてあげたほうが、釣り自体を好きになってもらえるだろう。

「じゃあ、入れるよ」

「はい」

ぽんたの釣り針をぽいっと水面に投下する。そこから釣り糸がするすると海中に呑み込まれていった。

「じゃあ、これを持って」

ここまでお膳立てすれば、ぽんたに釣り竿を持たせても大丈夫なはずだ。

「だいたい高さはこれくらいかな。はい、魚を誘うみたいに、手を動かして」

悠人の身振りに対し、ぽんたは「こう、ですか？」とおずおずと竿を動かす。

「そうそう……あっ、かかってるよ。引いてる！」

「お、おお……」

悠人は急いで後ろに回り、ぽんたを支えながら釣り糸を巻き上げる。かなりしっかりした手応えで、その先っぽにはきらきら光るあじが引っかかっていた。

「釣れたよ！　おめでとう！」

「わああ！」

釣り針からあじを外してやると、ぽんたが顔を真っ赤にさせて喜んでいた。

「はじめて！　はじめてつれたのです！」

「おめでとう」

どうやら船長の采配は、大当たりだったようだ。まさに入れ食い状態で、それからは釣り糸を垂らすだけでどんどん釣れた。

あじは簡単なので、一度コツを覚えればぽんたにもできるようだ。餌をつけるのと魚を針から外すのは不器用なので難しいが、それ以外は一人でできた。

悠人と羽山でぽんたを挟むかたちで釣りをしていると、バケツがいっぱいになりそうなくらいにあじが釣れていく。

これはかなり、家計が助かりそうだ。羽山は自炊をしないから、今日食べる分以外は置いていくだろう。ならば、しばらく干物には困らない。

正直、ぽんたのおかげで一日一食分くらいは食費が増えており、財政的に少し苦しかったのだ。

「おっと」

船の西側を大型の船が通りかかったせいで、先ほどのように ざぶりと大波が立つ。

その影響で、釣り舟が大きく左右に揺れた。

「えっ」

動揺したらしく、ぽんたがしっぽを出した。

「ぽ」

「あーれー‼」

次の瞬間、ぽんたの小さな身体は、海面に向けて吹っ飛んでいた。

「ぽんた！」

波間には、ぽんたの着ていたライフジャケットがぷかぷか浮いている。

「落ちたぞ‼」

「船長、子供が落ちた！」

同時に、羽山が躊躇《ちゅうちょ》なく海に飛び込んだ。

水飛沫が上がり、もろにかぶった悠人の顔やライフジャケットはびしょびしょになる。

――嘘……。

鎌倉育ちのくせに、おまえ泳げないってネタにしてたじゃん⁉

「ど、ど、どうしよう、あいつ泳げないんですけど！」

ここは悠人も飛び込むか？

でも、それでは、共倒れになりかねない。

「どうする?」

「船長さん、浮き輪あったよね」

釣り人たちは釣りを中断し、どうしようかと話し合っている。

「まだ届かないよ。もっと近づいてから投げないと」

おたおたしながら海に目を向けると、羽山が不器用に両腕で水を掻きながら、ぽんたのライフジャケットに近づいていく。

金づちでも、ライフジャケットのおかげで浮いていられるのだろう。

「兄ちゃん、頑張れ!」

「あれ、泳ぎづらいんですよね」

「でも、子供いますか? ライフジャケット、脱げちゃったんじゃ」

ようやく、羽山がぽんたのライフジャケットを掴んだ。

その瞬間、ライフジャケットにしがみつく茶色い毛玉が見えた。

よかったあ……。

悠人はほっと胸を撫で下ろし、自分の釣り座にどさりと座り込んだ。

「お子さんはどうですか!?」

船長がマイクを通して怒鳴る。

「大丈夫です!」

羽山はぽんたを抱っこして、船上からは狸が見えないように、自分の身体で巧みにカバーしている。

「船長、船を」

「動かしたら、波が立って離れちゃうかもしれない」

釣り人たちは、もう釣りそっちのけだった。一度に全員が片側に移動すると船の重心が崩れるので、動かないまでも、反対側のお客さんも心配そうにこちらの様子を窺っていた。

「もう少し近づいたら、浮き輪を投げるから。だめなら誰かが行きます」

船長が再びアナウンスを入れる。

「はい‼」

くるりと身体ごと振り返った羽山は、幼児を抱っこしていた。

幸い、ぽんたの耳は隠れている。これなら、きっとしっぽも大丈夫だろう。

羽山は上手い具合にぽんたを落ち着かせて、再びちびっこに化けさせたようだった。

なんとか立ち泳ぎらしきものをしながら、二人が船に近づいてくる。

「浮き輪、投げてもらえますか」

「はい！」

常連の釣り人が、ロープのついた浮き輪を海面に投げる。

「よし、引っ張るぞ」

「お願いします」

慌てて悠人も立ち上がり、ロープを手繰《たぐ》り寄せるのを手伝った。

まるで映画みたいだった。

「ぽんた！」

浮き輪につかまって引き上げられたぽんたに近寄り、悠人はぎゅうっと抱き締める。

わあっと船上で拍手が起きた。

「ごしゅじん……ふくをなくしたのです……」

悠人にひしっと抱きつき返したぽんたはTシャツは着ていたが、短パンも靴下もパンツも何もかもなかった。変身が解けたとき、ライフジャケットに引っかかっていたTシャツ以外は脱げてしまったのだろう。

「それくらい、どうってことないよ」

次にまた拍手が起き、はっとしてそちらに視線を向ける。

「悠人」

濡れ鼠《ねずみ》になった羽山が、にこにこしながら歩いてきた。

「二人とも、よかった……」

そこで感極まって言葉に詰まりかけたが、急いで顔を上げる。

悠人は船長をはじめ、ほかの釣り客にがばっと頭を下げた。

「ご迷惑おかけして、すみません。ありがとうございました！」

深々とお辞儀をする悠人と羽山、そしてぽんたを見て、船長は「無事でよかったよ」と明るい声を出した。

着替えのために羽山とぽんたは船室に入り、船上にはのんびりした空気が戻ってくる。

「そうそう、大きな事故にならなくて何より」

「やっぱりライフジャケットの威力はすごいねえ」

船長はマイク越しにほかの釣り人に、質問を投げかけた。

「どうしようか。そろそろ陸に戻ったほうがいいかな」

「そうだな。俺はもう三桁行きそうだし」

「いえ、着替えとか持ってるんで大丈夫です。今日、あったかいですし」

悠人がそう言うと、それならばもう少し続けようというムードになってきた。

「じゃあ、これでも飲んでて」

「おやつもあるよ」

魔法瓶やらおやつやらを差し出され、申し訳なさと嬉しさが綯《な》い交ぜになってくる。

釣り舟には何度も乗っているが、こんな風にほかの釣り人から優しさを示されるのは初めてだった。

ぽんたがいなければ、きっと、こういう体験をすることもなかっただろう。

「じゃあ、船室で休んでいてね」

船長に声をかけられ、悠人は「はい！」と大きく頷いた。

どのみち半日の釣りなので、あと三十分くらいで港に戻るはずだ。

ひとまず二人の釣り道具を片づけた悠人が船室を覗くと、ずぶ濡れの羽山が振り向いた。

ぽんたの分は予備の着替えを持ってきていたので、それを着せてくれたようだ。

「釣り、どうだって？」

「このまま続けるって」

「そっか、よかった……」

ほっと羽山が胸を撫で下ろす。

「ぽんた、平気？　水飲んでない？」

「だいじょうぶです……」

ぽんたがしょぼんと言った。

「ごめんなさい。いいことするつもりだったのに……」

「馬鹿、そんなの気にするなよ。おまえ、たくさん釣ったじゃないか」

羽山がぐりぐりとぽんたの濡れた髪の毛を撫でる。

「はい……」

ぽんたがこっくりと頷いた。

「まだ濡れてるぞ」

　せっせとぽんたの髪を拭いてやる羽山の姿に、なんだか微笑ましさすら覚えたのだった。


「二人ともお風呂入ってて」

　あらかじめお風呂のタイマーをセットしておいたのは、我ながら好判断だった。

　着替えのない羽山は釣り舟屋でTシャツとズボンを借り、それを身につけて帰ってきた。これくらいは後日悠人が返しにいけばいいので、有り難く拝借した。

　ぽんたと羽山が二人まとめて風呂に入っているあいだに、悠人は急いであじの下処理を始める。

　何だかんだで三人で五十四以上釣ったので、内臓を取るだけでも時間はかかる。

　とはいえ、これだけ新鮮だと、内臓さえ取っておけばしばらく楽しめそうだ。

　あじフライ。天ぷら。

　たたき。なめろう。

　干物。

「助かるなあ……」

　これで数日分の食費が浮く。

それにしても、ぽんたは羽山とちゃんとお風呂に入っているのだろうか。不安を覚えてこっそりバスルームに近寄ると、ぽんたの悲鳴が聞こえてきた。

ええっ⁉

慌ててバスルームの戸に手をかけたが、寸前で、はしゃいでいる声だと気づいた。

「あついです、やぬしどの！」

「こーら、ちょっとは我慢しろ。こんなとこまでうろこついてるぞ」

「くううう」

何だかんだで仲良くやっているらしく、聞いているだけでごく自然に笑みが零れた。リスを追い払って助けただけなのに、必死で悠人に尽くしてくれるのだ。命の恩人ともなれば、羽山はぽんたにとっては大切な人になるだろう。

台所で料理に励んでいると、ややあって二人分の足音が聞こえてきた。

「風呂、空いたよ。交代しよう」

羽山が声をかけてくる。

「いいの？」

「あたりまえだろ。サラダでも作るよ。今日はあじフライだろ？」

「よくわかったな」

「定番だからな」

ちなみにお刺身は明日のほうが締まっていていいのだが、せっかくだから釣り立ても食べさせてあげよう。

「ありがとう」

「おい、ぽんすけ。手伝え」

「ぽんすけじゃありません！　ぽんたです〜！」

「昨日はスルーしてたじゃん。こっちおいで」

羽山はタオルを手に取ると、それをぽんたの腰に紐を使って巻きつけて簡易前掛けを作ってやる。

「ほら」

「お……おおお……」

ぽんたは自分の下腹のあたりを眺め、感激に言葉もない様子だった。

さすがコミュ強、こういうところは抜かりがない。

「これで汚れないだろ？」

「まえかけ……‼」

「お手伝いするなら格好から入らなくちゃな」

「はいっ」

何だかんだいって、二人は上手くやれるようだ。

ぽんたと仲良くなりたい。

そう願っていた羽山の気持ちが通じたのは、素直に嬉しい。

にやにやと笑いながら、悠人はバスルームへ向かった。

身体は潮でべとべとだ。熱いお湯を浴びると、今日一日潮風に吹かれていたのだと実感できた。

一風呂浴びてさっぱりして台所に戻ると、羽山がフライを揚げていた。

「お、おつかれ」

「あれ、用意してくれたんだ？」

「うん。これくらいはね」

「助かるよ」

悠人も急いで手伝いに加わる。

「そういやおまえ、ぽんたろうに下の名前教えてないんだって？　教えておいたよ」

「あ、うん」

そろそろ教えようと思ってすっかり忘れていた。

「ごしゅじんははるとさまなのですね！　とくのたかさをかんじます」

「そうかなあ」

大人二人で精力的に支度をしたので、あっという間に食卓はあじづくしのコース料理のような有様になった。

「いただきまーす」

「いただきます。ほい、乾杯」

ビールの注がれたグラスをお互いにぶつける。

そんな悠人に、ぽんたがお茶碗を差し出す。

「ごしゅじん、やくそくどおり、しらすにはいです！」

ぽんたのごはんには、スプーン二杯分のしらすをこんもりと盛りつけてやる。

「あ、そうだったね」

「やったー！」

ぽんたの歓声が上がる。

「ぽんた、あじフライは熱いから気をつけてね」

「ソースかけると冷めるんじゃない？」

羽山がそう言って、ぽんたの皿にあじフライを取り分けてそれにどばっとソースをかけた。

「いただきまーす」

ソース味のものを食べたらなかなか刺身に戻れない気もしたけれど、ここはあたたかいうちにフライを賞味したい。

さくっ。

かじりついたフライはさくさくで、上手い具合に揚がっている。

そして何よりもふわっふわだ。新鮮なあじはまったく癖がなく、身もやわらかい。ほわほわとしていて、濃厚なソースの味がぴったりだった。

「うん、おいしい!」

ぽんたはというと、目をぎゅうっと閉じて口だけをもぐもぐと動かしている。

おいしくておいしくて言葉が出ない、という様子だった。

彼は一口分をもそもそと咀嚼《そしゃく》し終えて、はあ、とため息をついた。

「どうだった?」

「とても、おいしかったです……これが、わたくしめのつった、あじ……」

どこか遠い目をして、ぽんたはうっとりと言った。

「まだまだいっぱいあるんだよ。食べて」

「はい!」

釣りあげたばかりのあじを叩いて作ったなめろうは、薬味が全体を引き締めてくれる。

こちらもいくらでも食べられそうなおいしさだった。

「なめろうもいいけど、刺身もシンプルでうまいな」

「今日のあじはかたちもいいし、最高だね」

「ぽんすけ、楽しかったか？」

「はい‼」

大きく頷くぽんたは、頬を薔薇色に上気させている。

「また、どこかにいきましょう」

ぽんたがそう言うと、羽山は「ああ」と楽しげに同意したのだった。

第3話

夏

たぬきとリスとかき氷

第3話　夏　たぬきとリスとかき氷

1

ついに古都鎌倉《かまくら》にも、夏がやって来た。

じーわじーわと蝉《せみ》が鳴き、家中にむわりとした空気が立ち込める。北鎌倉《きたかまくら》の住まいは風通しがよいが、それでも、地形も手伝ってか湿気が厳しい。

「うーむ」

悠人《はると》がまな板の上に載せているのは、採れ立てのきゅうり二本。濃い緑色でつやつやしている。

ただし、めちゃくちゃ太くて、いうなればズッキーニ並みだ。おそらく、ぽんた（ちびっこ形態時）の腕よりも立派だろう。

畑に出たくともヤブ蚊が飛び回っているうえ、雨続きで放置しているうちに、びっくりするほどすくすく育ってしまった。とはいえ、雨のおかげで水分が多く、味わいはかなり微妙だった。

　ここまで巨大なきゅうりでは、ぽんたと二人で一度に食べ切れるとは思えないので、常備菜に変身させておこう。

　まず、よく洗ったきゅうりは二センチくらいの輪切りにし、すりこぎでたたき割る。塩ひとつまみとポリ袋に入れてから、顆粒の鶏ガラスープの素とごま油と醤油とお酢、砂糖をブレンドしたものを混ぜ、口を縛ってぐにぐにと手で揉み込む。しばらく様子を見てぽんたは人間と同じものを食べても大丈夫そうなのがわかったので、にんにくのみじん切りも入れた。

「できた！」

　それでも、一品で直径五センチ、全長三十センチほどのきゅうりを一本使い切るのは、どう考えても無理だった。

　ひとまず皮はまばらに剥いてストライプ状にし、塩を擦り込んでぬか床にぎゅうっと押し込む。

　今日の収穫分は処理し終えたので、あとはランチの支度だった。

　昼食はパンか冷凍の讃岐《さぬき》うどんか。楽なのは茹でた冷凍うどんを冷やしてから、卵黄とめんつゆで食べるレシピだ。卵を使おうと冷蔵庫を開けてみると、先日買った特売のあぶらあげが目についた。

　あとはちょっと乾燥しかけた厚切りハム。赤と黄のピーマン。チーズ。

「だめです！　だーめー！」

外からそんな声が聞こえてきて、悠人は顔をしかめた。

「ぎゃっぎゃっ」

前者はぽんた。後者の不気味で恐ろしげな声は、台湾リスのものだ。

「またか」

はあ、と悠人はため息をつく。

相変わらずぽんたは台湾リスと相性が悪いらしく、けんかの毎日だ。

最初に彼らのやりとりを聞いたときは、ぽんたが一方的にいじめられているのではないかと庭に飛び出した。だが、それも最初のうちだけだ。日々すくすく育っているぽんたは、今ややられっぱなしというわけではないらしい。

「ぎゃぎゃぎゃぎゃぎゃっ」

ここ数十年で爆発的に増えた台湾リスも、この鳴き声さえなければ可愛いのに。

彼らはふわふわのしっぽがトレードマークで、黒いくるんとした目が愛らしい。けれども、その外見とは裏腹に鎌倉では嫌われ者だそうで、最近は山中を突破して横浜《よこはま》やらあちこちに進出しているのだとか。

昔はいなかった動物たちが繁栄すると、それまでの生態系を変えてしまう。そうした外来種として、鎌倉市民としては愛憎半々というところらしい。

北鎌倉の豆だぬき
売れない作家とあやかし四季ごはん

著：和泉 桂 ／ イラスト：コウキ。

わたくしめは、なんでもおいしくいただきます！

鎌倉の一軒家で暮らす作家の悠人は、行き倒れの子狸を助ける。翌朝、目の前に現れたのはもふもふ尻尾のある子供で!?　驚く悠人に向かい、自分は化け狸だと宣言するも、やることなすこと失敗だらけ。悠人は苦笑し、子狸にぽんたと名付け、ご飯を出したらすっかり懐かれてしまい……。

こぎつね、わらわら　稲荷神のおまつり飯

大好評発売中！

著：松幸かほ ／ イラスト：テクノサマタ

大好評「こぎつね、わらわら」第四弾、ドドンッと登場！

京都で食事処「加ノ屋」を営む秀尚。店には稲荷神が住む地と繋がる扉があり、時折チビ狐達や大人稲荷がやってくる。ある日、祭り映像を見た子供達に「おまつりってなに？」と聞かれた大人稲荷が屋台飯の話をしてしまい、あわいでお祭りをすることになって――!?

コミカライズ決定！

こぎつね、わらわら　稲荷神のまかない飯

「こぎつね、わらわら」シリーズ第一弾のコミカライズ連載が決定いたしました！
詳しい情報は、公式ツイッターなどで随時お知らせいたします。

漫画：ツグロウ ／ 原作：松幸かほ ／ キャラクター原案：テクノサマタ

SH SKYHIGH文庫

次回新刊は2020年12月10日頃予定！

詳細は公式サイト、公式Twitter等でお知らせいたします。

バリスタ晴明　心霊相談承ります

著：遠藤 遼 ／ イラスト：伏見おもち

※タイトル・ラインナップは変更になる場合があります。

SKYHIGH文庫　電子書籍配信中！

文庫発売月25日頃配信！　詳しくは公式サイト等をご覧ください。

「みにとまとは……それだけはゆるしてくださいっ」

いったい何が起こってるんだ……？

放っておくつもりだったがさすがに首を傾げ、足音を忍ばせて居間に向かった悠人は、縁側からそっと外の様子を窺う。

軒先に引っかけたすだれの隙間から、子狸が百五十センチ近くまで成長したミニトマトの苗木に縋りついている光景が目に入った。

すだれをサッシではなく軒先に引っかけると、縁側と部屋の双方の日除けになってちょうどいいのだ。

「……そういうことね」

ひしっとミニトマトにしがみつくぽんたは、ひどくいじらしく見えた。

去年と同じくらいの収穫が見込めるなら、これから真夏にかけて、ミニトマトは飽きるほど食べられるはずだ。従って少しくらい台湾リスにあげても、問題はない。ぽんたにもそう言ってみたのだが、彼は「だまっているとつけあがります」と拒絶し、徹底抗戦のかまえだった。

「まあ、あれもコミュニケーションなのかな」

しかし、延々とうるさくされるのは困るし、近所（あまりいないが）迷惑かもしれない。

「ぽんた」

すだれ越しに呼びかけると、ぽんたがぴくっと振り返った。

「はい、ごしゅじん！　みまわりちゅうであります！」

「お昼ごはんの手伝いをしてほしいんだけど」

「かしこまりましたです！」

「じゃあ、手を洗ってから、台所に来てね」

ぽんたが動きだしたのを見届けてから、悠人は台所へ戻る。先にぽんたが作業できるように踏み台を運んできて、調理台の前にセットした。

グリル用の天板にアルミホイルを広げてから、そこにトースターで軽く焼いておいたあぶらあげを並べる。

「ごしゅじん！　どのようなおてつだいでございましょうか⁉」

料理を手伝うなら人型がいいと判断したらしく、しっぽと耳をつけたままの幼児形態のぽんたがわたわたと走り込んできた。

「まずは、ケチャップを平らに伸ばしてくれる？」

「りょうかいであります！」

チューブからしぼったケチャップで、適当なラインを描く。ナイフを手に取ったぽんたは、真剣な顔つきでケチャップをぺたぺたと伸ばしていった。

「そうしたら、僕がここにチーズを載せていくので……」

悠人はケチャップの赤色が隠れるくらいにチーズを次々と盛り、今度は、傍らによけてあったボウルを示した。その中には、あらかじめ刻んでおいたカラーピーマンとハムが入っている。

「この上に、ピーマンとハムを載っけてほしいんだ。手を使っていいよ」

「ぴいまんとはむ……」

「そんなに苦くないはずだよ。ほら、赤と黄色できれいでしょ？」

「はい！」

きりっと口を閉じ、ぽんたは背筋を伸ばして作業を開始した。

四枚のおあげの上に、丁寧にピーマンとハムで模様を描いていく。

「これでよろしいでしょうかあ……」

ぽんたの手許には、ピサ風のおあげができている。

「うん。きれいだね。あとは好きにやっていいよ。あ、材料は全部使ってね」

「しょうちでございます！」

緊張しきった面持ちだが、嫌ではなさそうだ。ぽんたはピーマンをつまみ、まるで工芸品でも作るかのように慎重にあぶらあげの上に並べていく。

「もみじみたいないろです」

「ぽんたは詩人だなあ」

サラダのためのレタスを準備し始めた悠人は、思わずそんな感想を漏らした。

「ふふん。かんせいしたのです！」

「おお、ありがと。すごくバランスよくできたね」

「ぽんたのさいのうをかんじさせるいっぴんです」

礼を言った悠人は、ざっと検分して隙間にさらにチーズを追加する。そして、天板を予熱しておいたグリルの中に入れると、スタートボタンを押した。

「ところで、これはなんというりょうりでございますか？」

「うーん……ピザ……だけど、おあげでできてるからおあげピザかな？」

「おあげぴざ！　おあげぴざ！」

うきうきした様子で繰り返すぽんたは、先ほど台湾リスと抗争を繰り広げていたこともすっかり忘れているらしかった。

やがて、台所がチーズの焦げる、なんとも言えぬ食欲をそそる匂いで満たされ始める。

「ごしゅじん、いいにおいがしてきましたよ」

「ん、そろそろかな？」

あぶらあげでできたピザは、すぐに焼き上がった。

もともとハムもピーマンも簡単に火が通るし、普通にピザを焼くよりは、ずっと早く完成した。

サラダボウルにサラダを盛りつけ、食卓に並べる。オーブンレンジの扉を開けると、中から天板を取り出し、いったん調理台に置いた。うっかりぽんたが触ってしまってやけどをしたら、大変なことになる。

「おおおおお‼」

椅子に立ったぽんたは、目を輝かせている。もこもこのしっぽが左右に揺れており、彼の興奮の度合いを示しているみたいだった。

「おいしそうです！　とろとろのちいず！」

「まだ熱いだろうから、よーく冷ましてね」

「はい！」

ぽんたのために出した白い皿に、あつあつのおあげピザを載せてあげる。ぽんたはしばらくふうふうと息を吹きかけていたが、やがて、意を決した面持ちで両手でピザを取った。

「いただきますですよ」

「どうぞ」

具材がたっぷり載ったおあげピザを前に大きく大きく口を開け、はむっと一口。

「‼」

ぽんたが目を瞠るのがわかった。

「どう？」

「かりかりでとろとろ……。くちのなかがしあわせすぎますう……」

「どれ」

悠人もおあげを片手で掴み、がぶっとかじってみた。

ぽりぽりになったおあげが香ばしい、変わり種のピザだった。溶けるチーズとシンプルなケチャップの甘みがよく合っていて、少し水分を残したピーマンの食感が、ちょうどいいアクセントになっている。

「うん、おいしい。ぽんたが並べてくれたピーマンとハム、きれいでバランスもいいね。すごくいけてる」

「こうえいであります」

感激したようにぽんたのしっぽがぴるぴると揺れるのを見ながら、悠人は幸せな気分でピザにかぶりついた。

2

「うーん……ここは削るか……」

プロットは遅々として進まず、悠人は気分転換を兼ねて別件のライターの仕事に精を出していた。

今取りかかっているのは、鎌倉ミニ知識を取り上げた本の書評だった。謝礼は渋いが、本を読むのは好きだし、鎌倉についての知識を得られるしで一石三鳥だ。

おおまかな推敲を終えたし、あとはプリントアウトして変な箇所がなければ終わりにしよう。エディタのプリントボタンをクリックしたところで、ドアホンが鳴らされた。

何か荷物が届く予定なんて、あったっけ？

宅配便が届く理由は、ネット書店などの通販、出版社（九割は羽山《はやま》）、実家の母親のほぼ三択だ。通販はともかく、羽山も母親も何か送ってくれるときは事前に予告してくれる。とはいえ、ごく希《まれ》に羽山宛ての荷物が届くケースもあり、疑問に思いつつも、悠人は小走りで階段を駆け下りた。

がらっと玄関の引き戸を開けると、そこには奇抜なファッションの青年が立っていた。

彼が身に纏っていたのは、光沢を放つ淡い黄緑色の生地に、黄色や黒での細かい刺繍が施されたチャイナ服。

まるで映画の世界から抜け出してきたような、端整な面差しの美青年だった。

「助けてくれ！」

年の頃は二十歳くらいだろうか。長い焦げ茶っぽい髪はつやつやで、黒目がちの目がくりっとしている。

小説家のボキャブラリーを試されるような美青年は焦っているらしく、汗だくで、額には湿った髪がぺたりと貼りついている。

「……は?」

この夏の最中に、いかにも暑そうなチャイナ服。

それ以前に、助けてくれとはいったいどういう意味だ?

「だから助けてほしいんだ」

「すみません、どちら様ですか? 家を間違えてるんじゃ……」

「俺がわからないのか⁉」

「全然、覚えが……」

詰め寄られると困ってしまい、ついつい語尾をぼかしてしまう。

「あっちが妹だ」

悠人の前に立っていた青年が一歩避けると、門を入ってすぐの場所に、ぽんたよりも少し年上と思しき幼女がしゃがみ込んでいた。

四歳か、五歳か……。

ピンク色のチャイナ服で、大きな目が印象的だ。つやのある髪はやはり長く、顔立ちは兄にそっくりで、これまた、小説家としての作文能力を試されるような美形兄妹だ。

不安げにこちらを見る彼女の顔色は、びっくりするほど青ざめていた。

「…………」

「妹さん、どうしたの？　具合悪いとか？」

「怪我をした」

「じゃあ、救急車」

スマホを取りに行こうとしたところで、青年がさっと「人間の病院はまずい」と言った。

聞き捨てならない発言に、悠人は目を瞠る。

「どうして？」

「どうしてもだ。だから、あんたを頼ったんだ」

もしかしたら、チャイニーズマフィアとか⁉

いや、さすがにそれは小説や漫画の読み過ぎだろう。

この服装から察するに、コスプレイヤーだろう。

コスプレ撮影中に怪我を負ってしまい、それを会社の人や家族に知られたくないとか。

自分だって、同じ立場だったら絶対に嫌だ。

「要は、手当てしてほしいってこと？」

「頼めるか」

話が通じてほっとしたように、兄が表情を緩めた。

「応急処置しかできないけど、縁側に回ってくれる？　薬とか持ってくる」

「わかった」

屋内に駆け込んだ悠人は、食堂の棚を開けて救急箱を引っ張り出す。もし捻挫《ねんざ》だったら何はなくとも冷やせばいいけど、どこのどんな怪我だろう？　縫うような傷だったら、救急車は無理でもタクシーを呼んで病院に行ってもらわないと。

食堂から廊下を抜けて急いで縁側へ向かうと、二人はすだれが作る影の下、並んで腰を下ろしていた。

大きな背中と小さな背中が対照的で、二人は耳聡く悠人の足音に気づいて振り返った。

「お待たせ。どこを怪我したの？」

縁側に膝を突いた悠人は、救急箱の蓋を開けながら尋ねる。

ガーゼ、消毒薬、包帯、はさみ。必要なものはひととおり揃っているはずだ。

「うで……」

幼女はつらそうな顔つきで、自分の右腕をおそるおそる差し出した。ちょうど手首のあたりに深いひっかき傷が見え、べっとりと赤い血で汚れている。これでは、血が止まっているのかどうかがわからない。

「一度、洗おうね。こっちへおいで」

「……うん」

外水栓がすぐそばに設置されているので、すだれを持ち上げた悠人は、つっかけを履いて外に出た。すだれを上げたまま空いた手で彼女においでおいでと手招きすると、おずおずと縁側から下りて近づいてくる。

水道をひねると、ぬるい湯のような水がひとしきり流れたあと、冷水が溢れ出した。

「ひゃっ」

彼女が飛び退くとその髪が揺れ、悠人のレンズにも水滴がばしゃっとかかった。

「ごめん、染みた？」

「う……いたい……」

目に涙を溜めた幼女にそう言われると、悠人は申し訳なさを覚えた。

「ごめんね。でも、こうやってきれいに洗わないと、ばい菌が身体の中に入ってきちゃうんだ」

「ばいきんってなあに？」

「君を病気にしたり、怪我の治りを遅くしたりする悪いものだよ」

なるべく平易な言葉遣いを心がけると、彼女は納得したように頷いた。

「ばいきんさんは、わるいこなのね」

「そうなんだ。よし、これくらいでいいかな」

「あああああっ!!」

そのとき、あたりをつんざくような悲鳴が響いた。

庭に走り込んできたのは、子狸姿のぽんただった。

驚いたらしく、幼女はびくっと震え、すっかり硬直してしまっていた。

「ごしゅじん！　はなれてください！」

狸なのに他人の前でしゃべっちゃだめだろという突っ込みすら、間に合わなかった。

「そやつはわれら狸の滅すべきキュウテキ……」

いきなり難しい言葉を使われ、悠人は愕然とする。

キュウテキ……仇敵か。

子狸はすっかり戦闘態勢で、毛を逆立てて歯を剥き出しにしている。

「ぽんた、待って。敵って、この子たちが？」

「かまくらのあらゆるけものにわざわいをなす、われらがおんてきたいわんりす！」

縁側のすだれを上げた青年は、舌打ちしてさっと立ち上がる。彼は腕組みをし、ぽんたを威圧するように上から目線で睨みつけた。

「豆だぬきのくせに、意外と舌が回るな」

「小さくありませ〜ん！」

ぽんたがぴょんぴょんと両脚でジャンプするが、体格差は圧倒的だ。

「うるさい、邪魔」

「はわーっ！」

兄は無造作にぽんたの首根っこを掴み、ぽいっと畑に向けて投げ捨てる。

「なるほど、リスが人間に化けているのか」

さすがにぽんたに次いで二度目ともなれば、そこそこ常識人であるはずの悠人も、すんなりと目前の事実を受け容れていた。

タオルで彼女の細い腕を拭くと、血は止まっているみたいだった。

女の子と縁側に近寄ると、青年はすだれを上げてくれた。

「どっちにしても、人間の病院には行けないか。リスに戻ってもらって動物病院に連れていっても、鳥獣保護とかで問題になりそうだし」

はあ、はあ、と息を切らせてぽんたが戻ってくる。

「ほ、ほら、ごしゅじんもそういって……でていくのです……」

「ここでできるだけ手当てしないと」

「ええっ」

悠人の発言を耳にしたぽんたが、驚愕したように一歩後ずさる。それを睥睨《へいげい》した青年は、「ふふん」と顎をくいっと上げてすだれからぱっと手を放した。

途端にじゃらんとすだれが下り、ぽんただけが物理的に遮断されてしまう。

「なにゆえですか、ごしゅじん！」

すだれの向こうから、ぽんたの憤慨《ふんがい》した声が聞こえてくる。

「どうしてって、怪我をしてるんだよ。できる限り、助けてあげたいんだ」

「だから、なにゆえに……」

「ぽんただってそうやってうちに来たんだから、ひいきはできないよ」

理由は不明だが、自分を頼ってきてくれたほかの生きものを無下にはできない。そもそもちびっこ度でいえばリス（妹）だってぽんたと変わらないように見えるのだ。

「確かに獣だったら、自然に治るかもしれない。それでもここに来たのは、すごく痛いからじゃない？　ぽんたは痛くても平気？」

自分だったら、嫌だ。

痛くてつらいのは。苦しみしかないのは。

「ぐぬう」

ぽんたの口から、変な声が漏れた。

「ごしゅじんは、あいてがだれでもたすけるのですか!?　たぬきのみかたではないのですか！」

こういう思考に至るところ、ぽんたは見た目以上に経験を重ねているんだろうなと思わざるを得ない。欠けているのは、人間界の常識くらいのものだろう。

「犬だと思ってたって最初に言わなかったっけ？」

「うー……」

ぽんたは小さい声でうめいたが、さっとすだれを持ち上げて、「でていけ！」とリス兄妹を威嚇した。ひゃっと短い声を出し、リス（妹）が震える。

「こら。邪魔するなら、ぽんたこそあっちに行ってて」

「えっ」

「とにかく、傷を見るよ」

「ん」

言葉少なに幼女がこくっと頷いた。

「いたい」

「血は止まってるけど、えぐれちゃってるみたいだね。どうしたの？」

「鴉《からす》のくちばしでやられた」

青年はどこか痛ましそうな面持ちで告げた。

「りすはでていくのです……」

ぽんたはすだれから顔だけを出して、ひどく恨みがましい目で彼らを睨みつけている。

その視線ももののともせず、悠人はリス（妹）の腕に乾燥防止のためのばんそうこうをぺたりと貼りつけてやった。

「はい、おしまい」

「ありがと」

リス（妹）は、はにかんだような声で礼を告げ、ほっと脱力して兄の肩に寄りかかった。ぽんたは疲れる体勢だったのか諦めたらしく、姿が見えない。

「説明しなくて、悪かった。あの化け物のあるじなら、人と獣の見分けがつくだろうと思って……」

「ごめん、僕はただの一般人でそういうのはよくわからないんだ。あの子はぽんただよ」

「化け物に名前までつけているのか」

「ぽんたって化け物なの？」

片づけを終えて救急箱の蓋を閉じた悠人は、驚きに問い返した。

「すべての狸が人間に化けられると思うか？」

「それは常々不思議だったけど、解明する暇もなくて」

改めて指摘されるとそうなのだが、ぽんたとの非日常に慣れつつあったのですっかり忘れてしまっていた。

「でも、そういう意味じゃ、君たちだって化け物じゃないの？　狐や狸はともかく、変身できるリスなんて聞いたことがない」

「鎌倉には昔から多くの霊場がある。そうした場所は霊力が強く、あらゆる生きものに影響をもたらす。そのうちの一つが、この敷地だ」

「へえ……知らなかった」

確かに鎌倉には霊地や修験道の修行場が存在したと、仕事のために読んでいた鎌倉豆知識の本にも書いてあった。

「ここにいると、獣は生命力が強まる。ここで収穫される食物はなおさらで、食べると元気になる。俺と妹が人間に化けていられるのも、この土地の力だ」

「どうしてチャイナ服なの？」

「その小屋で見つけた。これにしたのは、一番似合っていたからだ」

「物置のことかな？　この家、本当に何でもあるな……」

意外にも、チャイナ服に特に意味はないらしい。とはいえ、羽山家のいったい誰のものだったのかと思うと興味深かった。

「ともかくあの狸は、霊地を独り占めしている。我々はただ、病や怪我をした仲間にこの作物を届けたいだけなのに、いつも邪魔される」

ようやく彼らの関係に合点がいき、悠人は息をついた

「人間になれば、ぽんたに勝てるんじゃない？」

「あいつはちびすけだ。それはフェアじゃない」

「話し合いじゃ解決できないの？」

「あいつと話し合いをしたがるようなもの好きは、鎌倉にはいない」

ふん、と小馬鹿にしたようにリス（兄）は鼻を鳴らした。難しい言葉が続いているせいか、リス（妹）はいつしか耳としっぽを出してうつらうつらと船を漕いでいる。

リス（兄）の口ぶりに、何となく感じたことがあって悠人は質問をぶつけてしまう。

「もしかしたら、昔のぽんたのこと、知ってるのか？」

「鎌倉じゃ有名だ。もともと、建長寺《けんちょうじ》の狸で、山門はあの狸が建てるのを手伝ったと言われる」

「すごいじゃないか！」

「だが、そのために悪事をなしたうえ、志半ばで倒れてしまったと聞く。だから、あいつはそれを後悔して何度も何度もこの鎌倉に生まれ変わってくるそうだ」

淡々とした言葉には、特に嫌悪感はないようだ。

「何のために？」

「さあ」

一転し、ずしりと重い話になり、すぐには呑み込めなかった。

そもそも、生まれ変わりという概念が、現代人で無宗教の悠人にはよく理解できない。

「そう……」

生返事をすると、リス（兄）は少しむっとしたように眉をひそめて、その真っ黒な目で悠人を凝視した。そうでなくとも目の大きな美青年なので、なんだか妙な迫力がある。

「生まれ変わりを信じられないのか?」

「そういう話も聞くけど、実際会ったことないし。動物は生まれ変わるのが普通なの?」

「さあな。こちらの記憶がないからわからない」

だとしたら、ぽんたの生まれ変わり説だって嘘かもしれない。

そんな悠人の思考を見透かしたように、リス(兄)は真顔で口を開いた。

「鶯ケ谷《うぐいすがやつ》の志一稲荷《しいちいなり》に行けばいい。あそこの狐は、似たような身の上だ」

「ごめん、鶯ヶ谷がわからないんだけど」

彼があまりにも堂々としているので、つい、謝ってしまう。

「馬場小路《ばんばこうじ》はわかるか?　巨福呂坂《こぶくろざか》から鉄ノ井《くろがねのい》のあたりだ」

「詳しいんだね」

「台湾リスは、子供のうちは群れで暮らす。そこでこの町に関して学ぶんだ」

今、話に出た巨福呂坂は、鎌倉七口《かまくらななくち》といわれる鎌倉への物理的な出入り口の一つだ。

鉄ノ井は、水があまり美味しくなかった鎌倉でも名水が湧き出るとして有名だった井戸のことで、小町通《こまちどお》りに今でも残ってる(水は飲めないけど)。

どちらも鎌倉らしさを感じさせる歴史ある名称で、地元民ぽい会話だとくすぐったくなる。

「八幡様の、西の鳥居の近くだ。反対側が駐車場や店になっているだろう?　あそこの奥に、祠《ほこら》がある。あそこの狐は気位の高いブランド狐だから、おあげを忘れるなよ」

八幡様とは、このあたりでは鶴岡八幡宮《つるがおかはちまんぐう》を指す。

「ブランド狐って?」

「誰からも尊敬される、鎌倉においては由緒正しい存在だ」

「何でも知ってるんだな。けど、ぽんたについて聞くなら、建長寺に直に行ったほうがいいんじゃない?」

「好きにしろ。だが、人の身では拝観料がかかるぞ」

「そうだった……」

あまりにも的確すぎる指摘だった。

思いつきで訪問するには、数百円の拝観料は痛い。もっと下調べを重ねてからでなくては、もったいなかった。

だとしたら、生まれ変わりの真偽を先に調査してみたい。

「――ああ、話がずいぶん逸れたな」

自分が脱線させたのに気づき、リス(兄)は舌打ちをした。リス(妹)はすっかり眠ってしまっている。

「ともかく、ここの野菜は妹の怪我によく効く。もしよければ、作物を少し分けてほしい」

「それくらいはかまわないよ。全部食べ切れないのはわかっているし」

「そのリスは、ごしゅじんのとまとをねらっている！」

いつの間に戻ってきたのか、ぽんたが縁側の隅っこから小声で訴える。

「あれは俺たちだけじゃない。鴉がほとんど食しているんだ」

すかさずそれを拾い上げ、リス（兄）が反論する。

「鴉はどうして人に化けないの？」

「自分より下と見なしてる種族に化けるのは、プライドが許さないんだろう」

「じゃあ、君たちは？」

「人も獣も同列だ。だが、けんかのために人の姿になるのは卑怯だ。俺は、リスであることに誇りを持っている」

だが、今は人間の姿のほうが手当てしやすいと考えたのだろう。彼はかなり理性的な台湾リスだ。聞いたことはないけど、ぽんたも同じ理由から、狸の姿で彼らとやり合っているのかもしれなかった。

「ともかく、鴉に狙われているんじゃ気が気じゃないよね。しばらくうちにいたら？」

リス（妹）に怪我をさせたという鴉は、トンビと並ぶ二大極悪勢力で、人間にとっても歓迎できない存在だった。

「はんたいです！」

ぽんたは頑張って主張するが、彼だって獣の友達がいたほうがいいのではないだろうか。

「ぽんたは仕事だよ。トマトを収穫しておいてくれる?」

縁側に置いてあったプラスチックのかごを手渡すと、ぽんたは渋々といった調子で頷いた。

「かしこまりました! とりつくすのであります!」

「赤いのだけだからね」

ぽんたを数メートル先の畑に送り出してから、悠人は腕組みをした。ため息をつく悠人を見やり、リス(兄)は呆れたように言った。

「あいつは、俺たちに食べ物を分けるのが嫌なんだな」

「妹さんが心配だし、なんとかしてみる」

手当ての邪魔をされるのであれば、リス兄妹だってここには来づらいだろう。

「どうやって?」

「ごはんで機嫌を取れると思う」

「それもいいな……人間の食べ物はいろいろとうまそうだ。このあいだも、魚のしゃぶしゃぶとやらを食べるのを見た」

おそらく、窓から覗いたのだろう。

しかし、人型のリス(兄)が窓から中を覗いている光景は、とてもシュール……いや、犯罪だ。

「リスの姿だ。このなりは、この敷地でなければ保てない」

先回りして釘を刺されて、悠人はつい頭を掻いた。

「それもそうか。魚のしゃぶしゃぶって鯛《たい》しゃぶとか？」

おいしそうではあるが、鯛はお高いものだ。

「いや、太刀魚《たちうお》だ」

「太刀魚？　珍しいね」

「今週は太刀魚が特売だからだろう。あの若宮大路《わかみやおおじ》のスーパーだ」

「どこ情報⁉」

さすがに仰天して問い返すと、リス（兄）は涼しい顔で悠人を見やった。

「台湾リスは狸よりも多い。情報など簡単に得られる」

「すごいね。じゃあ、太刀魚のしゃぶしゃぶにしてみようか」

太刀魚が釣れるのは、鎌倉ではなくもう少し南の三浦《みうら》あたりだ。三浦の新鮮な魚は、やはりうまい。

「うむ」

「君たちも食べてく？」

「いや。よけいな争いはしたくない」

「わかった。怪我の具合見たいから、また来てくれる？」

「そうだな」

彼は自分の肩にもたれかかってすうすうと眠る妹を、優しいまなざしで見下ろした。

3

スーパーに到着した悠人は、あっさりとミッションを成功させた。

鎌倉生活も何もかもがほぼ観光地価格だが、いくつか安いスーパーが点在している。そのうちの一つが、さっきリス（兄）が話していた若宮大路の店だ。

そこで買い物を済ませた悠人は、改めてスマホの地図アプリで志一稲荷を検索する。

だいたいの場所は、リス（兄）に聞いていたとおりだった。

鶴岡八幡宮の駐車場の手前に小径を発見したので、ここから入れると迷わず左折する。ほかにも自転車やスクーターが停められていたので、少しなら平気だろうとひとまずそこに駐輪した。

駐車場脇の説明板には、このあたりは鷲ヶ谷と呼ばれていると書かれていた。江戸《えど》時代までは鶴岡八幡宮の神主である大伴《おおとも》氏などの屋敷が存在したそうだ。ここで鎌倉幕府の三代将軍の源 実朝《みなもとのさねとも》が、鶯の初音を聞いたのが名前の由来にあたるとか。すぐそばに県道が走っているのに、ここから先は急に山に突入する。

小径の奥には、まるで異界に誘うような三十段ほどの石段が設置されている。

鬱蒼と木々が茂り、低い階段を一歩踏みしめると風がざわめいた。その先に灰色の地味な鳥居と木造の祠があるのは、石段の下からでも見て取れた。

「はあ……」

運動不足の身体には、意外としんどい。

木造の鳥居をくぐってから、さらに十段ほど上がっていく。悠人の身長よりもずっと小さな祠の裏側からもこんもりとした枝が張りだしており、気を抜けばあっという間に緑に呑み込まれそうだ。それでも祠のある敷地はきれいに整備されており、お参りに支障はなかった。

改めて祠を見ると、年季の入った扉の隙間から、白い狐の像がいくつも見えた。

一昨日、おあげピザを作ったときの余りのあぶらあげを祠の前に供え、膝を折って手を合わせる。

蝉時雨《せみしぐれ》って、こういうことを言うんだろうなあ……。

頭の上から、蝉の声が雨のように降ってくる。

台湾リス（兄）から聞いたブランド狐とやらに会ってみたかったが、狭い境内は、蝉のほかは生きものの気配がない。

その場にしばらく留まってみたけれど、何も起きなそうだ。

仕方ないと、悠人は重い腰を上げて立ち上がる。

「やっぱり無理か」

「何が？」

ついつぶやくと、澄んだ声が聞こえてきて、慌てて振り返る。

そこには、白地に青の模様の浴衣を身につけた少女が立っていた。年齢は中学生くらいだろうか。

いったいいつの間に、この境内にやって来たのか。

狭い敷地なのに祠の前以外は草木に覆われているため、悠人が入った鳥居以外には、出入りできる場所がない。

涼やかな切れ長の目。黒いつやつやした髪を高い位置で結っており、そのふさふさとしたところが馬のしっぽどころか狐のしっぽに見える。

気がつくと、蝉の声がぴたりと止んでいた。

「ええと、ここに狐がいるって聞いたから」

最近、年下の女の子はリス（妹）くらいとしか話したことがなかったので、悠人はものすごく緊張していた。

とはいえ、日常的にぽんたと触れ合っているせいか、自分はコミュ障だから……と言っていられなくなった。ぽんたは空気を読めないので、何か伝えたいことがあれば、こちらから言葉にしなくてはいけないからだ。おかげで今も、緊張はしていたけれど、ためらわずに話はできた。

「それなら、ここにいるじゃない」

「へ？」

「お兄さん、狐が化けるって知らないの？」

ひらりひらりと浴衣の袖を振る彼女に、いつしか会話の主導権を握られていた。

「君が、噂の狐？」

「そうよ。志一上人《しいちしょうにん》にお仕えした偉い狐の生まれ変わり。すごいでしょ」

「ごめん、その話、聞いたことがなくて」

「えっ」

彼女は愕然としたように目を丸くする。

「やだ……とんだ田舎者ね」

彼女はあからさまに表情を曇らせる。すっきりとしたつり目のせいか、口ぶり以上に居ずまいが大人っぽく見えた。

「ごめんなさい」

しょぼんとする悠人に、彼女は「仕方ないわね」とつぶやいた。

「干涸《ひから》びてるのが腹立たしいけど、わざわざおあげを持ってきたところに敬意を感じるわ。それに、私が狐だって信じてくれるみたいだし」

「まあ、それはいろいろ理由があって。小説家だから、わりと柔軟なほうなのかも」

ぽんた、台湾リス兄妹と、人に化けられる存在に続けざまに出会ったのだ。

日本の昔話では、狐と狸は人を化かす最たるものだ。狸に変身できて、狐にできないはずがなかった。

それにしても、相手が女子の姿なのに、人間の女性より遙かに話しやすい。

おそらく、悠人の興味のある分野が話題のメインだからだろう。

「あら、小説家なの。私に会いに来たのは取材？」

「生まれ変わりって本当なのか、聞いてみたかったんだ。もしそれが嘘じゃないなら、どうして昔の記憶を持っているのか」

「生まれ変わりはあるわ。私がそうって言ってるじゃない。まずは志一上人の話をしなくちゃいけないわ」

どうしても、そこに戻らなくてはいけないらしい。

「うん、話してくれる？」

「とても立派なお坊様よ。上人様は訴訟のために、遙々九州《はるばるきゅうしゅう》からこの鎌倉にいらしたの。もちろん、私もついていったわ。上人様のお供でね」

「うん」

狐の身の上で旅をしてきたのであれば、相当しんどい旅だっただろう。

「でも、上人様がうっかりして大事な証文を九州に置いてきてしまったの。それで、私が一夜のうちに取りに帰ったのよ。当然、朝にはちゃんと鎌倉に着いてたわ」

「ええっ⁉　とんでもないな」

訴えのために鎌倉まで上京しておきながら、書類を忘れてしまうあたりが豪快だ。しかも、鎌倉に着くまでそれに気づかないなんて。

「ものすごく頑張ったのよ。霊力を振り絞ったせいで、その場で死んじゃったけど」

「……そんな……」

不自然に言葉が途切れ、何も出てこなくなってしまった。

けろりと言われたけれど、それじゃあまりにもひどい。

物語の最後はめでたしめでたしでなくてはいけないのに。

「上人様は、とっても泣いてくれた。そして、ここに私を祀ってくれたの。私の功績を誰もが覚えているように。それがこの稲荷のできた理由なの」

「すごいな」

短い感想だったが、それしか出てこなかった。

「！」

その単純な褒め言葉を聞いて、彼女はぽっと頬を染めた。長い髪の先っぽを指先でくるくるといじりながら「ええっと」とつぶやく。

「本体、見たい？」

「本体って？」

ご神体か何かだろうか？　さっきちらっと陶器の狐が見えたけれど、さすがに罰当たりじゃないだろうか。

「もちろん、狐になったところよ」

「見せてくれるの⁉」

「サービスよ。でも、撮影は禁止だからね」

彼女はそう言うと、右にくるりとその場で一回転した。

「！」

回転しただけなのに、目の前には狐が現れたのだ。

しっぽはもっとふさふさになるかと思ったけれど、そうでもない……？

「夏毛なのよ。どう？　威光溢れる姿でしょ」

狐の口から、先ほどの彼女の声が漏れた。

「びっくりした……衣装まで自前なんだ」

「能力の高い狐ならあたりまえよ。ぽんこつな狸とは違うの」

「うっ」

とっさに返す言葉に詰まったのは、ぽんたのことを思い出したせいだった。

「どうかした？」

「狸……建長寺の狸についてなんだけど。生まれ変わりはあるとして、どうして、前世を覚えている子といない子がいるの？　それに、なんで生まれ変わっても化けられるの？」

「化けられる理由はわからないけど、そのあたりは神様の采配じゃない？」

「なるほど」

ふんわりとした理由だったが、それくらい適当でもいいのかもしれない。

「あなた、あの狸の知り合いだったの」

なぜだか、彼女は納得した様子だった。

「記憶を持っているかどうかは、その存在が抱く未練の大きさで決まるの。私は当然、上人様への未練。だいたい予想はつくけど、ほかの子の未練の内容までは知らないわ」

「ぽんたのやつ、どんな未練があるんだろう……」

悠人はぽつりとつぶやく。

「それは本人に直に聞いたら？　知り合いなら、相手を変な噂話で決めつけないほうがいいもの。伝説とか言い伝えって、少しずつかたちを変えて歪んでいくものだから」

狐がくるりともう一回転すると、そこには先ほどの少女が現れた。

浴衣の袖が、ひらりとはためく。

「正しさは時代によって、判断するものによって変わる。善行も悪行も時によって変わる。抱いた未練だって、善にも悪にもなるの」

「もしかして、それが嫌なの？」

「嫌ではないけど……」

「なら、どんな感じ？」

思わず深追いしてしまった理由は、自分でもよくわからない。

「未練なんて、なければいいと思う日もあるの。生まれたときから、自分には関係ない重い荷物を持っているようなものだし。でも、上人様を忘れるのは淋しいの」

そうか。そういう意味の未練なのか。

「あなたみたいにわざわざここに来てくれる人でも、志一上人を知らないんだもの。だから、私だけでも覚えていたいの。それに、覚えていれば、また会えるかもしれない」

「うん。会えるといいね」

心からの言葉だった。

この子の大切な人に、もう一度――いつかもう一度、会えるといい。

「ありがとう」

彼女はそう言うと、うーんと大きく伸びをする。

「もっと話してあげてもいいけど、これでおあげ一枚分。疲れちゃった」

「じゃあ、また遊びに来るよ。今日はありがとう」

「おあげをくれたら、場合によっては相手をしてあげるわよ」

祠の前に立った彼女がどこに行くのかと、興味を持ってついじっと見守ってしまう。

不意に、蝉が一斉に鳴き始めた。

びっくりして頭上に視線を向けたが、特に変わったところはない。

「！」

再び祠に視線を戻すと、あの狐はいなくなっていた。

祠の裏側の茂みが、少しだけ揺れている。

それはまるで狐が駆け抜けていった証のようで、胸の奥がざわざわと上擦った。


銀色に光る、きらきらした太刀魚。

もともとうろこのない魚なので、このまま食べられる。

大きめの切り身を買ってきて、しゃぶしゃぶにできるように薄く切り分けた。

る。

「ぽんた、ごはんだよ」

太刀魚のしゃぶしゃぶの準備を終えてぽんたを呼ぶと、人型の彼がぱたぱたと走ってく

彼は椅子に乗って、コンロの上に置かれた鍋を眺めて首を傾げた。

「これは何ですか？」

「何も入ってないから、近寄らないで。湯気《ゆげ》が危ないんだよ」

「いいえ、みどりいろのしかくいものがはいって……ひえええええ！」

「なに⁉」

振り返ると、ぽんたが額を押さえている。

「あつい！　あついです！」

濛々《もうもう》とした湯気に当てられたらしく、ぽんたは涙目になっていた。

「大丈夫⁉」

慌てて冷凍庫から保冷剤を取り出し、ぽんたに駆け寄る。

「ふえええええ。ゆげにやられたのです……」

「見せて」

ぽんたの額のあたりは少し赤くなっていたが、やけどというほどではなかった。

ふきんでくるくると保冷剤を巻き、ぴたりと額に押しつけた。

「ひんやり……」

ぽんたが驚いたように、その丸い目を大きく見開いた。

「ここ、軽く押さえてて」

「はあい」

ぽんたは神妙な顔で、自分の両手で保冷剤を支えた。

「あ、そこに入ってたのは昆布。出汁を取るんだよ」

「ふむふむ」

本当は台湾リスたちにもごちそうしようと思って大きな切り身を買ったのだが、帰宅すると彼らの姿はなかった。

かなりのご馳走なのに、残念だ。

ブルーの爽やかな皿に盛ったのは、太刀魚の薄い切り身。ぶなしめじ。花のかたちに切ったにんじん。水菜。

きゅうりとわかめの酢の物や、なすとおくらの煮びたしもテーブルに並べた。

「これは？」

「ポン酢だよ。ねぎは平気みたいだから、入れておいた」

薬味は細かく刻んだ小ねぎとポン酢。しかもただのポン酢ではなく、市販のポン酢にこの庭に植わっているだいだいの汁を加えたものだ。

ほかに、だいこんおろしも用意しておいた。

「しゃぶしゃぶは僕がやるから。あ、それ、もうやめていいよ」

「しゃぶしゃぶとはなんですか？」

首を傾げるぽんたの手から、保冷剤を受け取る。それをテーブルに置くと、菜箸を取り上げた。

白い切り身を一枚箸でつまみ、それをぽんたの目の前に翳《かざ》す。

「さて、問題。これは何でしょう？」

「おさかなです！」

「正解。お魚の切り身を、だしの鍋でしゃぶしゃぶってやるんだ」

「しゃぶしゃぶとするのでありますか……？」

ぽんたはどこかぴんと来ない様子でぎこちなく問い返したが、食べてみれば、虜になるはずだ――といっても味見をしていないので、若干自信がないのだが。

「行くよ。ほら、しゃぶしゃぶ」

さっとだし汁にくぐらせた太刀魚の切り身を、ぽんたの前に置かれたポン酢の皿の中に投入する。

「さあ、召し上がれ。半生でいただくとおいしいんだよ」

「むむう……」

ぽんたは子供用のプラスチックの箸を使って、上手に小ねぎまみれの白身魚を取り上げ、それを口に運んだ。

「あちっ！　……ふお、おお……おおおおお！」

はふはふと切り身を咀嚼したぽんたの目がまんまるに、次いで大きく大きく見開かれた。

「どう？」

「おお……おさかな、あまいです。ほわほわで、ぽんず……さいこうです……」

「どれどれ」

悠人もしゃぶしゃぶした太刀魚を食してみる。

ポン酢のおかげで適度に冷まされた切り身を口に入れた瞬間、柑橘類の爽やかな匂いが広がる。ふわふわの切り身を改めて噛み締めると、白身はどこか甘く感じられた。

太刀魚は白身でも脂身が多いほうなので、しゃぶしゃぶするとよけいな脂がほどよく落ちて、しつこくなかった。これは日本酒が欲しくなる。

「かんどうしました……このようなすばらしいものがあるとは……」

相当感動したらしく、ぽんたはちょっと涙目になっていた。

「すごくおいしいね」

「はい!!」

「気に入ったなら、たくさん食べてね。たれ、だいこんおろしにしてもきっとおいしいよ」

　立て続けにしゃぶしゃぶしてあげると、ぽんたはまるでわんこそばに取り組むように必死でお代わりしていく。

「にんじんもどうぞ」

「おはなですね！」

　もちろん、ぽんたに食べさせるだけではなく、悠人もしゃぶしゃぶを満腹になるまで味わった。からくてぽんたには無理だが、柚胡椒を薬味にしてみると、これもスパイシーでぐっと太刀魚の味が引き立つ。

　そのあいだ、ぽんたはきちんと煮びたしを食べていた。

「このなす、ふしぎなにおいがします」

「あ、オリーブオイル使ってるからかな」

「おりーぶおいる」

「うん。オリーブオイルとめんつゆの組み合わせは神だよね」

　太刀魚は生食用で刺身にもできるので、少し残しておくつもりだったが、いつしか切り身はほとんどなくなっていた。

「ふう……まんぷくです」

「僕もだよ。いいレシピを教わったな」

「ひとのよには、かくもすばらしいものがあるのですね。おそわったとは、いったいどなたに？　やぬしどのでありましょうか？」

ちなみに『やぬしどの』というのは、羽山のことを指している。

「今日来た、台湾リスだよ。お兄さんのほう」

隠しても意味がないので、さらっと答えると、ぽんたは「えっ」と表情を曇らせた。

「われらがきゅうてき……ありすめが……」

「待って待って、どうしてそんなに嫌ってるの？」

「りゆうなどありません。それに、あれは、わたくしめがはたけにいると、すぐにふほうしんにゅう、いたします。はたけのとまとをぬすみにきているのです」

確かに作物を欲しがっているようだが、それにしても、この嫌い方は引っかかる。

「あの子たちを入れてあげるだけでも、だめなの？　あそこは霊地だから、身体を休めるといいみたいなんだけど」

「れいち？」

「あれ、知らなかった？」

「ついぞ、しりませぬ……」

悠人の言葉にもぽんたは本気で合点がいかないらしく、その目をまんまるにしてこちらを見つめる。

「じゃあ、なんで死守してるの？」

「いまがしゅんの、みにとまとのためでございます」

「それだけ？」

まさかの食い意地とは。

いや、ぽんたは見た目どおりのちびっこなのだ。今まで苦労していたのなら、食べ物に対しての執着が大きいのも仕方ないのかもしれない。

「はい。あかくあいらしいかじつを、りすどもにくいあらされるのは、とうていゆるせませぬ！」

「でも、ぽんた一人のものじゃないよね？　むしろ、僕のものじゃない？」

「ひとりじめなどしておりませぬ‼」

「それなら、リスたちと一緒に畑を手伝ってくれないかな？　見張るにしたって鴉がひどいみたいだし、ぽんた一人が狙われるのも怖いし」

「うう……」

ぽんたは口ごもる。

「そうしたら、またおいしいものを教えてもらえるかもしれないよ？」

「おいしいもの？」

「リスは仲間がいっぱいいるから、情報がすごいみたいだよ。今日の太刀魚も、安売り情報を教わったんだ」

「ふむう……」

ぽんたの目が、きらりと光った。

「僕じゃ、太刀魚のしゃぶしゃぶなんて思いつかなかったよ。ぽんたは？」

「ぬぐ……」

ちらりと太刀魚の入っていた皿と鍋を見やり、ぽんたはいじいじとテーブルを引っ掻いた。

「……わかったです」

もっと頑なになられたら打つ手がないと案じていたので、悠人はほっとした。

怪我をしているリス（妹）は心配だったし、ぽんたに友達を作ってほしいとも思っている。だからこそ、ぽんたが説得に応じてくれたのが嬉しかった。

口をへの字にしつつも、それでもぽんたは文句を言わなかった。

「いい子だね、ぽんた」

「いいこでありますか!?」

「うん。ごほうびにデザートは巨峰《きょほう》だよ」

「きょほう……？」

「超安売りしてたから、奮発したんだ」

本当は太刀魚のしゃぶしゃぶでぽんたの心が溶けなかったときに備えた意味も大きかったのだが、それは黙っておこう。

「それにしても、霊地と関係なく化けられるなんて、やっぱりぽんたはすごい狸なんだね」

「ぽんたははいぶりっどなたぬきです」

まるで自慢するように、きりっとぽんたは表情を引き締める。

「ゆえに、おてらのおしょうさまにたいへんかわいがっていただきました」

「ぽんたが昔のことを教えてくれるの、珍しいね」

今日のブランド狐とのやりとりを思い出し、ついつい、そんなよけいなことを口にしてしまう。

そのせいか、途端にぽんたは黙り込んだ。

「ごめん、地雷踏んだ？」

悠人は素直に頭を下げる。

「じらいとは？」

「つまり、触れられたくない話題だった？」

「そうではありませぬ。ただ……ただ、ぽんたがおろかだったのです。それをおもいだすのが、くるしくて……ここがいたいのです」

肩を落としたぽんたは、指先で自分の喉と心臓のあたりを指さした。

つぶらな目は、じわり潤んでいる。

「おろかなぽんたは、かわいがってくださったおしょうさまに、おんをあだでかえしてしまいました……」

「………」

もしかしたら、ぽんたは自分が思うよりもずっと重い過去を背負っているのかもしれない。

だからこそ、あのブランド狐も本人に聞くよう忠告したのではないか。

「けど、ぽんたはこんどはまちがえないのです。たくさんいいことをして、もう一度おしょうさまにあうのです」

「もう一度？」

「はい、もういちど、なのです」

ぽんたは真剣な顔で頷いた。

「そうか。夢、叶うといいね」

それでも、今日教わった情報が頭の片隅に引っかかっている。

和尚様のほうは未練がなければ、前世の記憶を持って生まれ変わらないのではないだろうか。

あの狐の話ではそう思えたが、ぽんたの夢を壊すのは本意ではなかった。

「傷、だいぶよくなってきたね」

すだれ越しに吹いてくる風が、とても心地良い。

手を差し伸べていたリス（妹）の傷口はかさぶたになっており、さすがの治癒力だった。

ちなみに二人とも、耳としっぽが飛び出している。霊地の力で完全な人間体に化けられるとはいえ、このほうが無駄な体力を使わないのだとか。

「……ありがと」

リス（妹）がお礼を告げ、頬を染めてはにかんだように微笑んだ。

「ところで、聞きたかったことがあるんだ」

「何だ？」

「名前、教えてもらえる？」

「そんなものはない」

どこか拗ねたような、それでいて、淋しいような。ものいいたげな声色だった。

「――じゃあ、つけてもいい？」

「名前をか⁉」

それまで泰然としていたリス（兄）は、仰天したように黒い目で悠人を凝視する。

リスとはいえ美青年にじいっと見つめられると、ちょっと居心地が悪かった。

「うん。代わりにミニトマト、あげるよ。さすがに名前がないのは不便だし。だめかな？」

ミニトマトで命名権を売り渡してくれるかは謎だが、下手に出てみる。

「だめではないが、我らは誇り高い台湾リスだ」

珍しく口ごもったリス（兄）は腕組みをし、目許に朱を走らせて地面に視線を投げる。

「やっぱり出過ぎた真似だよね」

一足飛びに名前をつけるなんて、コミュニケーション能力がないくせに早まってしまったかもしれない。

「そうじゃない。人の名前をつけられると、それは……」

「ペットになったみたいで気分が悪いかな。それなら、やめておくよ」

こういうときは、戦略的撤退をするに限る。

悠人はあっさりと前言撤回をした。

「いや……野生の獣には、名前がない」

リス（兄）は真面目な顔になり、悠人を見据えた。

「獣には、個体に名前をつけるという行為がないからだ。だが、おまえとかかわる以上は、名前は便利だ」

回りくどい説明だったけれど、命名してもよさそうな雰囲気だった。

「よかった。それなら、君は『ロンロン』」

「‼」

「君がロンロン。妹さんが『リンリン』ね」

「なまえ……？　わたしの、なまえ？」

「そうだよ」

リス（妹）は真っ赤になって耳をぴくぴくと動かす。その目がきらきらと光っていて、喜んでいるように見えた。

「勝手に決めていたのか⁉」

「うん、フィーリングで」

小説のキャラクターの名前と一緒だ。

こういうのは迷い始めると泥沼に嵌まって抜けられなくなるので、直感に従うのがベストだった。

「おにいちゃん、わたし、リンリンだって！」

リンリンが嬉しげに声を弾ませたので、リス（兄）ならぬロンロンはこほんと咳払いをした。

「ロンロン……ロンロン……ロンロンとリンリンか……ふむ、ま、悪くはないか」

「それならよかった」

「リンリン……リンリン……」

もふもふのしっぽを揺らしてはしゃいで繰り返すリンリンに、「ちょっと待ってて」と言い残し、悠人は立ち上がった。

凍らせたバナナを冷凍庫から出すと、食べやすいように斜めにスライスした。

それをお皿に盛りつけて、縁側に持っていく。

「な……なんだ、これは」

「バナナ。凍らせてあるから固いけど、リスなら大丈夫でしょ？」

「ひやっこい！」

先に一切れ手に取ったリンリンが、楽しげな悲鳴を上げた。

「先に毒味するぞ。うむ、冷たくて……甘いな。これがばななか……」

ふむふむとロンロンが納得する。

ぽんたが来れば一緒に楽しめるのに、あいにく、彼の姿はない。この畑にロンロンたちが入ることは許しても、馴れ合う気にはなれないみたいだった。

4

「みょうが、みょうが、おいしいみょうが」

ふんふんと節をつけて歌いながら、子狸が両手でせっせと畑を掘り返している。

そろそろこの畑ではみょうがのシーズンも終わりなのだが、薄く切ったみょうがに熱したごま油をじゅっとかけたおつまみに、ぽんたがはまってしまったのだ。

「ごまあぶら、しょうゆ、みりんにしちみ」

妙な歌をくちずさんでいるあたり、相当口に合ったに違いない。

からいものはパンチが効きすぎて苦手かなと思って避けていたのだが、意外といける口なのかもしれなかった。

「よう」

すだれを上げ、縁側で麦茶を飲む悠人の前にぬっと現れたのは、人型のロンロンだった。

立派なしっぽの後ろには、リンリンの姿も見える。

「ロンロン、元気?」

「ん」

「リンリンは?　腕、どう?」

「なおったの」

リンリンは恥ずかしげな面持ちで、自分の日焼けした腕を悠人に見せた。

「なおったの」

「うん、きれいに治ってるね。安心した」

「おまえのおかげだ。……ありがとう」

「どういたしまして。お役に立ててよかったよ」

ぽんたは表立ってロンロンとリンリンに文句は言わないので、それだけでも大きな進化だ。あれから畳みかけるように、続けざまにロンロンの情報をもとに作った料理を振る舞ったのが、一番効いたらしい。

「その服、どう?」

「涼しいな」

ロンロンとリンリンの着ているチャイナ服は、悠人がネット通販で見つけたものだ。どうやらこれが気に入っているらしい。夏用の薄地のノースリーブで、これまでよりはずっと過ごしやすいはずだ。

お尻の部分にしっぽ用の穴をざっくりと開けたチャイナ服は、いつでも着られるように物置にしまってある。鍵はかかっていないので、彼らは好きなときに着替えられた。

ロンロンは濃紺に竜の刺繍、リンリンは爽やかなオレンジ色で胸元のワンポイントの刺繍が華やかだった。

「相変わらずお寺は人が多いの？」

彼らがあちこちの寺で餌を集めていると聞いていたので、悠人はそう尋ねる。

「暑すぎて、人は減っている」

「そっかあ……」

この猛暑では、外出する気もしないのだろう。実際、悠人も買い物は朝イチの暑さが一番ましな時間にさっと済ませている。その点、夕方とはいえ、一生懸命畑仕事に精を出すぽんたの勤勉さには頭が下がる。

ぽんたはちらっとロンロンたちに目線をやったが、すぐにみょうがの収穫を続けている。いてもかまわないがスルー――という大人のスタンスを取ろうと決めたらしい。

それはそれで大きな進歩だが、彼らにはできれば仲良くしてほしいので、少しばかり歯痒かった。

「相変わらずだなあ」

「ふん、生意気な豆だぬきだ」

ロンロンは小さく鼻を鳴らした。

「ごめんね」

「まあ、狸は群れでは生きないからな。つき合い方もわからないんだろう」

「ロンロンはおとなだね」

ロンロンは微かに胸を張った。

「あいつとは違う。あいつが霊地の力を分け合ってくれれば一番いいんだ」

「それは交渉次第じゃないかな」

ふむ、とロンロンは考え深げに唇を撫でる。

ぱたぱたと不穏な風がすだれを激しく揺らしていく。その音で、悠人は今朝方目にしたニュースを思い出した。

「そういえば、明日の夕方から台風が接近するんだって。リンリンは怖いだろうし、よかったらうちに泊まってかない？」

「俺たちは獣だ。多少の雨風をやり過ごす手段くらい知っている」

「そう……なら、かまわないけど」

必要以上に心配しても嫌がられてしまいそうだし、いざとなれば物置にでも潜り込むだろうと悠人は引き下がった。

翌日は朝からずっと雨で、ぽんたは退屈そうに寝床に丸まっていた。

台風が最接近するのは未明くらいだと、アナウンサーがニュースで繰り返していた。

夜半過ぎに目を覚ましたのは、家中ががたがたと揺れているせいだ。

激しい風が木造の家に吹きつけ、大粒の雨が、雨戸や壁、屋根を叩いている。

悠人はのそのそとベッドから起きだすと、階段の電気を点ける。そのままぽんたが眠る一階の板の間を覗き込むと、タオルケットがもこっと盛り上がっていた。

「おうちがこわれるのですぅ……」

狸になっているぽんたはタオルケットをかぶり、がたがたと震えている。すだれは朝のうちに外して物置にしまったが、雨戸に直に打ちつける雨音がまるで銃弾のような凄まじさだ。

「大丈夫？」

「うう……ううう……」

タオルケットの下から声が聞こえるが、ぽんたは顔を出そうともしない。

「野生の狸じゃなかったの？」

「これははりけーんです！」

テレビで聞いたばかりの知識を披露されて苦笑しかけたそのとき、外でどすん、というすごい音がした。

「あれっ……もしかしたら、何かぶつかったかな？」

市街地のように傘が飛んでくることはまずないけれど、裏山から木が倒れてくるとか、岩が転がってくるとか、様々な可能性は考えられた。

台風のときは外に出ていけないのはセオリーだが、そこまで甚大な被害は出ないず。


「ちょっと見てくるね」

「ごしゅじん！　きけんです！」

ぽんたが寝床を抜け出して駆け寄ってきたのだ。

「そうだけど、変な音だったし、畑も気になるから」

パジャマ代わりのTシャツに短パンのまま、玄関のサンダルをつっかけ外に飛び出した。

これくらい軽装なほうが、びしょ濡れになってもすぐにリカバリーできる。

轟轟《ごうごう》と風が吹きつけ、雨がまるで弾丸みたいに皮膚にぶつかってめちゃくちゃ痛い。

眼鏡がなければ目にも雨が飛び込んできただろうが、レンズが濡れてびしょびしょだ。

それでもなんとか薄闇の中に目を凝らすと、風でしなるトマトの木立がぼんやりと見えた。

風で飛ばされてきたごみだろうか、ミニトマトの株に何かが巻きついているみたいだ。

「ロンロン⁉」

何かではなく、人型のロンロンがミニトマトにしがみついているのだ。別のミニトマトは、リンリンが抱きついている。

濡れそぼっているらしく、はみ出したしっぽはかなりボリュームダウンしていた。

「何してんの⁉」

「ほっとけよ‼」

取りつく島もない、素っ気ない声。

「すごい音が、したから……」

「バケツ、おうちにぶつかったの‼」

申し訳なさそうなリンリンの声に、悠人は「えっ」と短く声を漏らした。

「戻ってろよ‼」

「戻れって言われても……」

風に逆らうように必死で踏ん張るロンロンとリンリンは、この暴風からミニトマトを守っているのだ。

「うちにおいでよ。そのままじゃ、怪我しちゃうかも」

「俺たちは獣だ」

「それでも、濡れると寒いし具合も悪くなるよ」

傷を負えば、血を流す。

人間だって、獣だって、同じ生きものじゃないか。ましてや、彼らは霊地の力を得ているおかげで、こうして会話ができ、心が通じているのだ。

「トマトだって頑張って持ちこたえてくれるはずだから」

「――あんなに大事にしてるんだ」

それは、悠人に向けられた言葉ではなかった。

ぽんただ。

ぽんたがとても大切にしているから。可愛がっているから。

彼らはそれを知っていて、その思いを守ろうとしてくれているのだ。

「でも」

「なかに、はいるのです！」

ぽんたの声だった。

玄関から飛び出してきたぽんたは、人型になっているとはいえ、風に吹き飛ばされそうだ。その声を聞いて、ロンロンはむっとしたように身動《みじろ》ぎをする。

「ああ？　これ、あんたの死守してるミニトマトだろうが‼」

「……と……」

「ん？」

「……ともだちが、けが、するくらいなら……とまとはもういいのです！」

びしょ濡れになって畑に近づいてきたぽんたが、声を張り上げた。

友達、だって。

ぽんたの発言に、胸が熱くなる。

そのとおりだ。彼らも、自分も、ぽんたも。

同じ釜の飯ならぬ、同じ畑のミニトマトを食べている仲間なのだ。

「そうだよ！　もとはといえば、ちゃんと支えたりしておかなかった僕が悪いんだもの。

霊地の霊験を信じてさ……」

悠人がそうつけ加えると、ロンロンはちらりとリンリンを見やる。よろめきながら踏ん張るリンリンの足許は、いかにも危なっかしかった。

「あっ」

突風が吹きつけてぐらりと揺らいだリンリンに、ぽんたがとっさに手を伸ばす。

二人の手が繋がるのを、悠人はしっかりとこの目で見届けた。

「あめがいたいです、ごしゅじん～！」

「おにいちゃん、いたい！」

ぽんたが弱音を吐いたのに影響されたのか、リンリンもついに泣き言を発する。

その声さえも、風に掻き消されてしまいそうだ。

「とびます！　ふきとんでしまう～！」

「ほら、ちびっこたちが限界だよ。あとはトマトの生命力に任せて、中に入ろう？」

ロンロンも妹に怪我をさせるよりはと考え直したらしく、意外とあっさりと「そうだな」と頷いた。

「行くぞ、リンリン」

「うん！」

「じゃあ、急いで玄関から入って！　僕が戸を開けるから」

とにかく、あと一秒たりとも外にいたくない。

「来て！」

必死で暗がりを走り、四人で一気に玄関に飛び込む。

家の中をよく知っている悠人がタオルを取って戻ると、タイルの上には服に埋もれた濡れ鼠のリスとたぬきが仲良く揃っていて、なんだかおかしくなる。

「ちょうどいいから、シャワーを浴びようか」

誘いかけると、ロンロンが不服そうにぎゃーぎゃー鳴いた。

「ふふん、やせいのけものはあのすばらしいおふろをしらないのですね？」

「なに⁉」

「かがくのおんけいをうけられぬとは、しょせんりす……」

「そこまで言うなら、風呂とやらを教えてみろ」

ふん、とロンロンは鼻を鳴らす。

「とにかく急いで。お風呂上がりには、冷たいココアを作ってあげるから」

「ここあ！　すばらしいです‼」

「ん？　ここあとはなんだ？」

「これだからむちはこまるのです」

彼らと一緒に風呂場に移動し、悠人はシャワーヘッドを手に取った。

「行くよ？」

「ふわあああああああ」

ロンロンの悲鳴が風呂場いっぱいに響いた。

◇◇◇

ぴんぽーん。

ドアホンの音に玄関をからりと開けると、そこには半袖のリネンシャツにチノパンツを合わせた羽山が立っていた。

「よう」

「あれ、久しぶり。突然どうしたの？」

「このあいだの台風の被害が酷いって、ニュースで言ってたじゃん。それで、一応見に来たんだ」

「ああ、浄妙寺《じょうみょうじ》のほうはだいぶ落石とかあったみたいだよ。まだ停電してるって」

鎌倉市内でも東側にあたる地域を挙げると、「あの辺も山深いからな」と羽山は心配そうな顔で頷いた。

「あと、プロットの返事しようと思って」

「ええ!? メールでいいじゃん」

「はるとおにいちゃーん」

二人の会話をぶった切ったのは、鈴を転がすようなリンリンの声だった。

「……誰?」

「あ、それは……」

新しいチャイナ服を身につけたリンリンが、ぱたぱたと足音を立ててやって来る。

「リンリンです」

「リンリン……」

「おい、リンリン。三浦は接客中だ。邪魔するなよ」

これまた新品のチャイナ服を着たロンロンが顔を出す。

彼らのチャイナ服は、先だっての台風のせいでどろどろになってしまって、泥が落ちなかったのだ。それで、慌ててまたネット通販で別のものを購入したのだった。

「――ええと、悠人、こちらの方々は？」

廊下で仁王立ちになるロンロンを見て、羽山が呆然としている。

「俺は……ロンロンです……」

その響きがさも可愛らしいとわかるのか、ロンロンは恥ずかしそうに目を伏せた。

「ロンロン……」

さすがの羽山も不審げだったが、妙に堂々とした二人の様子にぴんと来たようだった。

「えっ、なに？　もしかして同居人⁉」

「いや、たまにごはん食べに来るんだ」

「みんなでにくぬきの、ひやしちゅうかたべたの」

「肉抜きは言わなくていいよ……恥ずかしいから」

台湾リスたちがときどき食事に来るので家計は火の車――ではなく、ぽんたがハムをつまみ食いしてなくなってしまったのだ。

「おまえ、いつの間にそんなに人づき合いよくなったの？　それに今、ごはん時じゃなくない？」

「人づき合いじゃないし、これからおやつ。みんなでかき氷作ってたところ」

悠人の説明を聞いて、羽山は不安げに脇腹を小突いてきた。

「——もしかして、彼らも狸？　ちょっと様子が違う気がするけど」

「台湾リスです」

さすが耳がいいロンロンが、説明を加える。

「リスゥ⁉」

仰天したのかすっとんきょうな声を上げ、羽山は目を見開く。それがこういうときぽんたの顔そっくりで、なんだか笑みが零れてしまう。

「え、マジで？　リスも化けられるの？　それって初耳」

「ぽんたは生まれつきだけど、おまえの家、霊地らしいんだ」

「ごめん、情報量多すぎて処理し切れないんだけど」

さすがに限界を超えたらしく、羽山が両手で頭を抱えた。

「まだですか、ごしゅじん……おお、やぬしどの」

台所から出てきたぽんたが、目を輝かせた。

羽山に会えるのが嬉しいのか、夏毛でスリムになっているしっぽが左右に揺れる。

「おう、ぽんきち」

「ぽんきちではありませぬ。ぽんたです〜！」

ぎゅうっと握りこぶしを作って主張するが、怒っている様子はなかった。

「元気そうだな」

「はい！」

ぽんたは大きく胸を張った。

「そうだ、やぬしどののもかきごおりをめしあがりますか？　わたくしめが、はむのおわびにしゃりしゃりするのです」

「オッケー」

気を取り直した様子の羽山は目を細めて、台所を覗いて「おおっ」と声を上げた。

しろくまの頭に赤いハンドルがついた昔ながらのかき氷製造機は、納戸で発見したものだ。丁寧に洗って汚れを取ったら、ぽんたやリンリンに大人気になって、二人とも競ってやりたがる。

「これ、しろくまじゃん！　なに、まだ使えたの？」

「うん」

「へえ……現役でちびたちを喜ばせてるのか。なんだか嬉しいな」

相好を崩した羽山は、ぽんぽんとしろくまの頭を撫でる。

「やぬしどの！　しろっぷをえらぶのです！」

ぽんたが得意げに両腕に抱えたシロップの瓶を見せた。

「お、どれにしようかなあ。ぽんすけのお勧めはある？」

「ぽんたです～！」

「はいはい。で、どれがいい？」

「おすすめはれもんです！」

羽山はてきぱきと動き、冷凍庫から取り出した氷をセットしている。

「いいね。ちびちゃんは？」

リンリンはもじもじしながら、「ぶるーはわい」と小声で答えた。

「ぽんすけ、俺も手伝うよ」

羽山が腕捲りをしたが、ぽんたは首を横に振った。

「いいえ。やぬしどのは、ごしゅじんと、すずんでいてください」

「じゃ、お言葉に甘えてちょっと打ち合わせしよう」

「うん」

二人分の麦茶をお盆に載せて、縁側へ向かう。座布団を二枚置いた羽山はそこに腰を下ろし、「ふー」と息をついた。

「ごめん、うるさかった？」

「ううん。この家がにぎやかなの、久しぶりでさ。昔みたいでいいな」

目を閉じた羽山は、まるで、追憶に耽っているかのようでやわらかい笑みを口許に浮かべている。

あたりに響く、涼やかな風鈴の音。

これもまた、納戸から取りだして吊り下げたものだ。

「おまえ、意外と面倒見いいし、管理人に向いてるな」

「そうなのかも。僕も初めて知ったよ」

悠人の冗談に、羽山は声を立てて笑った。

「で、冒頭の部分だけど」

「話に入るの早すぎない⁉」

いきなり仕事の話をされて、悠人は驚きに声を上擦らせる。

羽山の切り替えの早さは、ぽんた並みだ。

「だって、おまえは管理人の前に小説家だろ？」

「そりゃそうだよ」

蝉の鳴き声を聞きながら、悠人はすだれ越しに畑を見やる。まだまだ現役のミニトマトは、赤い実をびっしりとつけていた。

第4話

秋

クレープは再会の予感

第4話　秋　クレープは再会の予感

1

鎌倉《かまくら》にも紅葉《こうよう》の季節が近づいている。

処理済みの生ゴミを撒き、いつも青々としている竹林を眺める。竹林の向こうはハイキングコースになっていて、ところどころ、色づいた葉っぱが見えた。

といっても、鎌倉では本格的な紅葉は十一月後半から十二月らしい。

手軽に見に行けるのが、八幡様――鶴岡八幡宮《つるがおかはちまんぐう》。広い境内には銀杏《ぎんなん》や紅葉《もみじ》が植わっているので、見どころはいっぱいだ。あとは、北鎌倉《きたかまくら》の浄智寺《じょうちじ》。悠人の暮らす家から徒歩で十分前後の距離で、小さいお寺の割に見応えがあった。それから、まだ行ったことはないが、長谷寺《はせでら》のライトアップも評判がいい。

より静かな場所を楽しむなら鎌倉にいくつも設定されたハイキングコースがお勧めだが、観光でふらっと訪れるにはハードルが高い。

畑仕事は秋冬はお休みに思われがちだが、今はちょうど、九月に種を蒔いた小松菜の収穫時期だ。くせの強い小松菜だったが、茹でてごま油であえると苦味が薄れる。味つけはめんつゆでもいいし、顆粒の鶏ガラスープの素とにんにくで中華風にしてもうまい。

このあとはケールの収穫ができる予定だが、年明けくらいはさすがに家庭菜園はお寒い状況になる。

せめて青菜は少し欲しいと、小松菜の近くにはほうれんそうを作るつもりで、種蒔きを済ませた。順調にいけば、数日中に発芽するはずだった。

「頼むぞ……冬場のビタミンはほうれんそうにかかってるんだ……」

あまり威力を感じた覚えはないが、霊地の力に縋るのも一案だと、振り返った悠人は屋内から外のほうれんそうに向かって念を送る。

「さて」

悠人はクローゼットを探り、トレーナーの上から外出用のパーカーを引っかけた。

「じゃ、ちょっと買い物に行ってくる」

「いってらっしゃい」

こたつにもぐり込んでいたリンリンが、白い歯を見せてにこりと笑う。スイッチは入っていないのだが、ないよりましなのだろう。彼らが何世代目かは不明だが、南方出身の台湾リスにとっては、秋の訪れすらつらいのかもしれなかった。

ロンロンとリンリンは、この家に住んでいるわけではない。だが、秋が深くなると、こうして昼間から入り浸ることが多くなった。

「お待ちください……！」

とてとてっと部屋の奥からやって来たぽんたが、しっぽをぴんと上げて、玄関に立ちはだかる。

「ん？」

前は少し舌足らずで聞き取れない音もあったが、最近、ぽんたはずいぶん発音がはっきりしてきた。

「わたくしめも連れていっていただきたいのです」

「ぽんたも？　いいけど、なんで？」

「たまには町を見たいのです。それに、ちかごろは、わたくしめのしごともなく、にもつもちくらいはできますする」

「ええ……」

荷物持ちをさせたら心配ではらはらしそうだけれど、そう言うと可哀想なので、何か軽くて小さなものを持ってもらおう。

「だめでございますか」

「いいよ。じゃあ、小さいバッグ持っていこう」

「はい！」

幼児姿のぽんたを歩かせるのは大変なので、狸型のぽんたをリュックかバッグに収納してスクーターで移動することになる。だが、ぽんたをリュックに入れたままあの急な切通《きりどおし》を疾走するのは、さすがに不安が残った。そのうえ、怪しまれずに変身させられるのは、八幡様の境内くらいしかない。そこに寄るのであればどこかに駐車する必要があるが、鎌倉の駐車料金は震えるほどに高いので、できれば避けたかった。

「着替え持ってくるから、ちょっと待ってて」

「はい」

適当な衣服とズック靴を選んで、ぽんた用のトートバッグと合わせてリュックに詰め込んだ。

「じゃ、どうぞ」

「おじゃましますなのです」

ファスナーを大きく開けたリュックを指さすと、狸になったぽんたはその中に自発的にもぐり込む。

「八幡様で下ろすから」

リュックの中から「かしこまりました」というくぐもった声が聞こえてきた。

五センチくらいの隙間を残し、悠人はファスナーを閉めた。

鶴岡八幡宮ならば、人目を忍んで活動できる場所も多い。トイレもふんだんに設置され、ぽんたが変身するポイントも事欠かなかった。

「いってらっしゃい」

ロンロンは近ごろは宅配便の応対もそつなくこなすので、一、二時間の留守なら問題ないだろう。

徒歩で出発した悠人は、なるべくリュックを揺らさないように気をつけながら坂を下りた。

三叉路を右折して県道に出ると、すぐに建長寺《けんちょうじ》の大きな門が見えてくる。

ぽんたが建設にかかわったと噂の山門は建長寺の敷地の中にあり、ここから目にするのは不可能だった。

「酔ってない？」

巨福呂坂《こぶくろざか》の近くで問いかけると、はあはあという息遣いのあとに「へいきです、ごしゅじん！」とぽんたの返事が聞こえてきた。

さすがに平日では、観光客は休日より控えめだ。

普段はスクーターで通るので、訪れるのは久しぶりだ。

あのブランド狐に会うべく、志一稲荷《しいちいなり》を訪問したとき以来かもしれない。

あの子、どうしているんだろう。

次に会えたら、名前くらいは教えてほしい。あの子なら、志一上人がつけた名前を覚えているかもしれなかった。

鶴岡八幡宮の境内に植わった有名な大銀杏《おおいちょう》はご神木で、鎌倉のシンボルの一つだ。鳩やリスと並んで、お菓子のモチーフにもなっている。ずいぶん前に雪交じりの強風が吹きつけて倒れてしまったそうだが、もともとの古木も、代替わりした子供も健在だ。ひこばえはとっくに、悠人の身長を追い越してしまっている。悠人が生きているあいだにどこまで育つかわからないけれど、きっとこの先も、銀杏たちは鎌倉を見守ってくれるのだろう。

「ここでいいかな」

悠人は左右を見回して人気がないのを確認してからトイレの個室に入り、洋式の便座に腰を下ろす。リュックのファスナーを開けると、ぽんたがにょきっと顔を出した。

「ふう……」

「大丈夫？　酔った？」

「いえ、へいきなのです」

悠人の膝の上に立ったぽんたは、身体のどこかにしまい込んであった葉っぱを頭に載せ、くるんと一回転する。

例によって、そこには全裸のちびっこが現れた。

いつ目にしても、なかなかシュールな光景だ。

「はい、これ着替え」

まずはパンツを穿いてもらって、次に靴下。長袖Tシャツとズボン。パーカー。ぽんたが着ぶくれしていくと、リュックが一度に軽くなった。

「どうですか？」

ズック靴を履いて地面に降り立ったぽんたが自慢げに胸を張ったので、悠人は「かっこいいよ」と褒めてやる。

「開けるよ」

「はい！」

個室から出たぽんたが洗面所に目を留め、鏡を見たそうに背伸びしたので、両脇に手をやって持ち上げる。

「ほら、イケメンだ」

「ふふふ……しゅっぱつです！」

参道に戻って、三の鳥居を目指して歩くと、楽しげにはしゃぐ家族連れとすれ違った。

ここは悠人にとって、日常と非日常が交錯する街だ。陽射しの明るい日ばかりではないが、観光客はまるで血液のように循環し、新しい何かを届けてくれる。

「せっかくだから、小町通《こまちどお》りを抜けようか」

「こまちどおり？」

「うん、リンリンたちのおやつでも買おう」

「うぬう……なにがすきか、わかりません」

ぽんたは反応が鈍い。しかし、ロンロン兄妹に対する反発心は、以前よりずっと薄らいでいるらしく、特にリンリンとは親しげだ。

「ぽんたは何が好き？　ぽんたが好きなものなら、リンリンたちも好きかもよ？」

「ふうむ。では、しんけんにかんがえてみましょうぞ」

「任せたよ」

横断歩道を渡り、例の鉄《くろがね》ノ井《の い》から南が小町通りだった。

横幅が狭い小町通りはお昼前のせいか、食べ歩きの人たちでにぎやかだった。

もちろんこの通りにはおいしいレストランやカフェも数多くあるが、食事はなるべく簡単に済ませて観光に充てたい人もたくさんいる。そんなわけで、ウインナーや地ビール、いなり寿司などなど、あれこれ食べ歩きできる店もちょくちょく見つかった。

とはいえ、服や商品が汚れるとの苦情も多かったそうで、近ごろは店の周囲で食べる方式に変わっていた。

「ん……んん……んんん」

小町通りの中程まで来たあたりで、目を閉じたぽんたがひくひくと鼻を蠢かす。そういう仕種はじつに動物的で、愛らしい。

「どうしたの？」

「とてもあまーいにおいです。おさとう、バター……たまご……」

「ああ、クレープかな？」

実際、ぽんたの足取りに合わせてゆっくり歩くうちに、悠人の鼻にも甘い匂いが届き始めていた。

「くれえぷとは？」

聞いたことがないらしく、ぽんたが小首を傾げた。

「クレープっていうのは、薄い卵焼きみたいなものにクリームとかを挟んでいるんだよ」

「たまごやきにくりいむ……」

まったく合点がいかないという口ぶりだった。

「そして甘い」

「おおばんやき、のような？」

「外側の皮は、大判焼きはよりも薄いよ。むしろぺらぺら」

「ああ、おあげピザ！」

どうやらぽんたの想像を遥かに超えているようだ。

「まあ、薄さはそれくらいだけど、実際に食べてみるほうが早いかな。おいで」

「はいっ」

ぽんたはきらきらと目を輝かせた。

『コクリコ』のクレープは、鎌倉観光では定番中の定番で、小町通りと御成通《おなりどお》りの二箇所にお店がある。土日ともなればどちらも混んでいるが、平日の午前中なのでセーフだった。グリーンを基調にした内装はヨーロッパのカフェのように可愛いが、男の悠人でも入りづらさはない。

悠人が好きなのはレモンシュガーだけど、ぽんたはクリーム系がいいだろう。あまり具が盛りだくさんだと残してしまうかもしれないので、レモンシュガーと生クリームバナナの食券を買った。

「レモンシュガーと生クリームバナナ」

「かしこまりました」

カウンターから観察していると、スタッフが手際よくクレープの種を鉄板に広げるのが見えた。スタッフは薄いクレープに穴が開かないように丁寧に焼く。二つに折ったクレープに砂糖をかけ、ぎゅっと生のレモンを搾った。

途端に、店内にレモンの爽やかな香りが漂った。

それから、今度は生クリームたっぷりのバナナクレープを作ってくれる。

ぽんたは壁際に並べられた木製の椅子に腰を下ろし、うっとりとした顔で鼻を蠢かしていた。

「くれえぷ……さっきのよいにおいです……」

両手にクレープを持って近づいていくと、すんすんと鼻を動かすぽんたのフードの頭ががぴこんと膨らんだ。

「耳！」

「はうっ」

ぽんたが頭を押さえた瞬間、今度はお尻がもこっと盛り上がって、一気に座高が高くなる。

「しっぽ！」

「むお！」

がくんとぽんたの座高が元に戻り、しっぽと耳は無事に引っ込んでいた。

「気を抜いちゃだめだよ」

「すみませぬ～」

まだ上手くコントロールできないので、ぽんたがしょんぼりと肩を落とした。

「それよりクレープできたよ、どうぞ」

焼きたてのクレープを恐る恐る受け取ったぽんたは、「あたたかい……」とつぶやいた。

「おお……これはまたかぐわしい……やわいです！」

小さな手に握ったクレープがふわっとやわらかいのに気づいたようで、ぽんたは目を見開く。

「いただきます！」

ぱくん。

生クリームバナナを一口かじったぽんたは、目をまんまるにする。

「これは……なんともいえぬ……」

顔を左右に動かして、生クリームが零れないように上手に食べ進めていく。

「かわがぱりぱりで中はふわふわとあつあつ……さいこうでございます」

黒い目を輝かせたぽんたは、一心不乱にかぶりつく。

そのあいだに、悠人も自分のクレープにかじりついた。

「うーん、おいしい……」

微かに酸味が効いたレモンシュガーも、素朴な味わいでとてもおいしかった。

「こっちも一口どうぞ」

「はいっ」

悠人が差し出したクレープにかじりついたぽんたは、次の瞬間「ひいいっ」と悲鳴を上げた。

「すっぱい！」

「そりゃレモンだ……耳！」

かぶったフードがもっこりと膨らんでおり、ぽんたは電流に打たれたように姿勢を正した。

「うう……ひどいのです……」

「ごめんごめん、嫌だった？」

「……いえ。なんだかこのあたりがふわっとします」

ぽんたが胸の付近をクレープを握ったままの手で示し、目を細める。

「そっか……それはきっと、おいしいって意味だね」

「はい！」

ぽんたは手についたクリームを舐め、名残惜しそうな顔つきで包み紙をごみ箱に捨てた。

「じゃあ、行こうか」

「わかりました」

コクリコから出ると、観光客がだいぶ増えていた。

ぽんたの目線では、上ばかり眺めていると誰かと衝突してしまう。

二回続けて大人にぶつかったぽんたに気づき、慌てて「手を繋ごう」と自分の手を差し出した。

「りょうかいであります！」

ちっちゃい手は、思ったよりもあたたかかった。

歩調をぽんた基準に合わせてゆっくりと進んでいるため、彼は左右の店を見ては目を輝かせる。さりげなく観察していると、ぽんたはきらきらする天然石のお店や、食べ物を売っている店に弱いようだ。

「お、おお……またまたよいにおいがします……」

さすが、野生の獣だけに、ちびっこであっても悠人より鼻が利くのかもしれなかった。

「だーめ。もうおやつは食べないからね。夕飯が食べられなくなる」

「しかし、おみやげをば」

「クレープは微妙だね。今日は歩きだから、クリームが溶けちゃいそうだ」

「むうう」

うなりつつも、ぽんたは抜かりなく左右に視線を走らせている。

こんなふうに小町通りをじっくり歩くのは久しぶりだ。

そういえば新しいハンバーガーのお店ができていたっけ。外から見ただけでも、かなりがっつり系だったから、ぽんたと一緒に入るのは難しそうだった。

「こうなったら、ふつうだけど鳩サブレーとかにしちゃう?」

「それはこのあいだ、いっしょにたべたのです」

「そうだった……」

頭を悩ませつつ歩いていると、四つ角のところで、ぽんたが「あっ」と声を上げた。

それきり、彼は動かなくなってしまう。

「どうした？」

ふざけているのかと思って手を軽く引っ張ってみたが、まるで根が生えたように、彼は微動だにしなかった。

「ぽんた？」

「…………」

返事はない。

顔が見えるように、手を繋いだまま彼の前に回ると、びっくりするほどその顔には血の気がなかった。

ぷるぷると小刻みに震える彼の手が、ものすごく冷たい。

もしかしたら、ぽんたが苦手としている犬がこの近くにいるのだろうか。

急いで周囲を見回してみたものの、犬を連れている人は見当たらなかった。

何ごとかと首を傾げた悠人は、客待ちの人力車の青年が、ぽんたを射貫くような目で見つめているのに気づいた。

いかにも体育会系な男の目つきには異様な迫力があり、悠人も威圧されて後ずさった。

「もしかして、あいつが怖いの？」

「！」

声をかけられたのを機に、ぽんたの身体がびくんと跳ねる。

彼は右手に曲がり、小町踏切《こまちふみきり》の方角に向かって走り出した。

「待って！」

路地に入ってすぐの路上に、ぽんたの着ていたパーカーと長袖Tシャツが落ちている。

身を屈めた悠人は、短い前肢で頭を抱え、しっぽを震わせる子狸の姿にはっとした。

服ごとぽんたを抱き上げるると、ずるっとズボンとズック靴が地面に落下する。

服に埋もれたぽんたの手が布地の狭間から伸ばされ、まるで何かを探すように中空をもがく。そして彼は悠人を探り当てたらしく、がしっと胸元に爪を立ててきた。

……痛い。

それ以上に、心臓がぎゅうっと苦しくなってくる。

事情は不明なものの、ぽんたの不安が伝わってくるようだ。悠人がぎゅっと抱き返しても、ぽんたは何一つ発さなかった。

「平気？」

「うう……ううう……」

言葉にならないのだろう。

「——帰るよ、ぽんた」

このままじゃ、買い物はとても無理なのはわかっていた。

落ちていた衣服とズック靴を拾い上げて、無造作にリュックに詰め込む。そして、パーカーごとぽんたを抱っこして歩きだした。ぽんたはすっかり埋もれているし、これならただ洋服を抱えて持っているようにしか見えないだろう。

まだ小町通りにあの怖い男性がいたらどうしよう……。

どきどきしつつ通りに戻ったが、どうやら客と話がまとまったらしく、あの男の姿はすでに見当たらなかった。


帰宅してもなお、ぽんたはろくに口を利かず、板の間でタオルケットをかぶって震えていた。

リンリンはぽんたの異変に気づいたらしく心配そうに廊下を行ったり来たりしていたが、ロンロンに止められたらしい。

「あ」

ぽんたの部屋の前には、きれいに磨かれたどんぐりが十五センチほどの高さに積み上げられていて、悠人は思わず微笑んでしまった。

リンリンなりのお見舞いなのだろう。

そっと襖を開けた悠人は、「ぽんた」と声をかけてみる。

「飲み物持ってきたよ」

ぽんたは夕暮れ時になって、のそのそとタオルケットの中から顔を出した。

あたたかいレモネードを作って持っていくと、変身したぽんたは「ふしゅう」とつぶやきつつ、ふうふうとそれを冷ましておいしそうに飲んだ。

「落ち着いた？」

「……すこし」

「もしかして、さっきの人力車の人？　知ってる人だったの？」

途端に、ぽんたはしょんぼりと肩を落とす。

「あの人も、動物なの？」

「──やつはにんげんです」

ぽんたはうつむき、耐熱ガラス製のマグカップを両手で包み込む。

「何か因縁がありそうだけど……」

「……わたくしは、あの男にころされたのです」

なおも力なく視線をさまよわせ、掠れた声でぽんたが答えた。

「えっ⁉　いや、でも、ぽんたは生きてるじゃないか」

「そうじゃなくて……さいしょのほうのぽんたです。なんども生まれ変わるきっかけが、そのじけんで」

「聞いてもいい？　何があったのかな」

ぽんたはしばらく黙り込み、やがて口を開く。

「もとはといえば……ぽんたが、じゃあくなたぬきだったのが悪いのです」

「じゃあくって、どんなふうに？」

床に座っていた悠人は、ずいと身を乗り出す。

「ぽんたは、人にばけて、ほかの人をだましました」

「きれいな女の人や、岩に化けるのは狸の嗜《たしな》みじゃないの？」

冗談めかしてフォローを入れてみたのだが、ぽんたは首を横に振るばかりだった。

そして、ぼそぼそと語り始めた。

時は江戸時代。

もともとこのあたりに住んでいた初代ぽんたは、建長寺《けんちょうじ》の住職である万拙《ばんせつ》にたいそう可愛がられていた。

「おしょうさまは、わたくしめをいじめたり、たぬきじるにするなどとおっしゃいませんでした」

「そうなんだ……」

お坊さんは基本的に殺生禁止だからでは？と思ったが、そんな無粋な突っ込みはもちろんしない。

「おしょうさまは、ぽんたたちたぬきに、のこりもののごはんをわけてくれたりしたのです」

「優しいんだね」

「はい！　たぬきはみんな、おしょうさまが大好きです！」

ぽんたはそこだけ生き生きと瞳を輝かせて、大きく頷いた。それからずずっとレモネードをすすり、また続ける。

「あのころ、お寺には門がなかったのです」

「今は立派なのがあるのに？」

「とくがわさまのよのなかよりむかしに、もえてしまったと聞いております」

戦争や地震のせいで大事な建物が焼失するのは、歴史の上では珍しくもなかった。鎌倉だって、案内板でしかその痕跡を辿れない建造物は数え切れないはずだ。

「とくがわさまのみよに、門をたてなおすことがきまったのですが、お寺にはお金がなかった。おしょうさまがかなしんでいたので、ぽんたはばけかたをれんしゅうして、かんじんの旅にでたのです」

「かんじんって？」

「ええと……お金をもらいます」

慌ててスマホで『かんじん』と調べると、すぐに『勧進帳《かんじんちょう》』が出てきた。つまりは、諸国を回って寄付を募る行為を意味する。高校生のころ、義経《よしつね》と弁慶《べんけい》の泣けるエピソードがテーマの歌舞伎を見に行ったのを思い出した。

「すごいな、ぽんた。お金は集まったの？」

「ぽんたはとちゅうでころされてしまいました」

「！」

あまりの急展開に、言葉を失ってしまう。

「そのときに、わたくしめをころしたのがあのかごかきです。あの男のせいで、ぽんたはにどど、おしょうさまに会えなくなりました……」

「かごかき？　ああ、あの人力車の人か」

はい、とぽんたは掠れた声で答えた。こくこくとレモネードを飲み、暗い目で部屋の片隅に視線を投げる。

「見たしゅんかん、わかりました。あの男がぽんたのかたき」

しかし、それではどうして犯人も生まれ変わったのか。

それに、なぜ、あんな目でぽんたを見つめるのだろう。

「ぽんたはおしょうさまにまた会いたい……会って、みんなをだましてお金をあつめたことをあやまりたいのです。でも、何回うまれかわってもおしょうさまには会えなかった……」

ぽんたはそこで、息をついた。

「神様は、いいことをするようおっしゃったのです。りゅうはともかく、人をだましてしまったから、それをつぐなうように。そうしたら、おしょうさまにまた会えると」

「そういうことだったのか……」

「でも、あいつがこわい……きっとうらんでる……あんな目で見るもの……」

ぽんたはぶるっと震えて、レモネードのマグカップをテーブルに置く。そして、タオルケットをぎゅっと抱き締めた。

「なんで？　あっちは加害者でしょ？　ぽんたに対しての罪悪感はあるだろうけど、恨むのは筋違いじゃない？」

「わるいとおもったら、あんなふうに見ません」

「まあ、そうか。とにかく、つらい話をさせてごめんね」

「いいのです……これは、とてもおいしい……」

これ以上、ぽんたに前世の話を聞くのはもうやめておこう。

彼がつらいことを思い出すのは、悠人にとっても本意ではなかった。

2

数日後。

庭（畑）の方角から、子供たちがはしゃいでいる声が聞こえている。

直後は落ち着かなかったぽんただったが、次の日は意外とけろっとしていた。

やはり、子供だけあって、柔軟なのかもしれない。

パソコンの画面に映し出されたテキストは、執筆中の短編小説のクライマックスの部分だ。

夏に出したプロットは、大胆にエピソードをカットして雑誌掲載の短編に変えないかと羽山に提案された。惜しかったが、言われてみればいらない部分がちょくちょく見受けられる。テーマだけに主眼を置くのなら、ほかの部分は不要だった。

それで、前世の因縁に惹かれて鎌倉にやって来た子供と高校生の話を書き始めたのだった。

「こちらのどんぐりのほうがきれいです」

「リンリンのどんぐりのほうがころころでかわいいもの！」

「そうだ。俺とリンリンの分を合わせると、圧倒的に個数が多い」

ぽんたは何ごともなかったように、リンリンとロンロンの兄妹と遊んでいる。

ぴんぽーん。

ドアホンの音が聞こえ、ぱたぱたと走って玄関に出ていく。

そこに立っていたのは、悠人と同年代くらいの人物だった。

髪は短く刈り込まれており、明らかに体育会系。体つきもがっちりしていて、筋肉質だ。

男には見覚えがあるような、ないような……？

「すみません、どちら様ですか？」

「船岡《ふなおか》です」

「お金はないので何も買えないし、内装と塗装はお世話になってる業者があります。新聞はネットで契約してますので」

これはセールスだろうと、悠人はいつもの断りの文言を発した。

それを聞いて、彼は慌てたように首を横に振った。

「いえ……セールスじゃなくて……俺、人力車の……」

「あ！　そっか！　どうしてここがわかったの⁉」

あの日、ぽんたに恐怖を与えた車夫ではないか。

追い返そうと思ったが、さすがに不気味なので確かめてしまう。

「人力車の車夫ネットワークで」

「すごいんだね。でも、何の用？」

悠人がずばりと本題に入ると、船岡はいったんは目を伏せてから、意を決したように真っ向から悠人を見据えた。

なんていうか、視線の圧が痛いくらいだ。こうして間近に迫ると睨んでいるわけではないのだけど、きっと、目力が強いのだ。

「あの子、あんたの子供ですか？」

「え……違うけど」

「じゃあ、狸なんですね？」

普通の人が聞いたら意味不明な会話だろう。しかし、ごまかすのも難しそうでつい黙り込んだせいで、相手は察したようだ。

船岡は深々とため息をつき、へたへたっとその場に腰を下ろす。

「よかった……やっと、会えた」

うつむき、頭を両手で抱えている様子に、泣いているのかもしれないと思った。

追い返すつもりだったのに、こんな姿を見せられると、心がじわっと疼《うず》く。

ぽんたが船岡に気づいてないのなら、少しくらい話を聞いてもいいのかもしれない。

「そんなに、探してたの？」

「俺はあいつを殺してしまったから」

ずしんと心が重くなるような、鋭い言葉だった。

「それは知ってるけど、なんで？」

「あいつが勧進に出てたっていうのは知ってますか？」

座った体勢で船岡が話しだしたので、悠人は「うん」と相槌を打つ。

「俺は宿場の駕籠《かご》かきだったんです。あのころ、地元じゃ建長寺の有名なお坊さんが、勧進のためにわざわざ鎌倉から来たっていうのが噂になってました。それでみんな、こぞって寄付をしたんですよ」

そこで彼は、一度言葉を切った。

「なのに、あいつが泊まった宿で、女中が障子に映ったのが人じゃなくて狸の影だったなんて言い出した。それがきっかけで、別の女中が風呂場を覗いたら、お坊さんがしっぽを洗ってたんだそうで。そんなくだらない話を、飲み屋で聞いたんですよ」

「……なるほど」

ぽんたらしいうかつさだった。

「貧乏人からも金を巻き上げて、騙して喜んでいるなら許せないって思ったんだ。そうしたら、ちょうどあいつが俺の駕籠に乗ったんで、大きな犬をけしかけたんです。狸なら化けの皮を剥《は》げるだろうって」

「ひどいよ、それは！」

あまりの残酷さに、怒りでかっと胸が熱くなった。

「人の善意につけ込む、ずるい狸を成敗するつもりだったんですよ。犬は狸をやっつけて、めでたしめでたしだって、単純に考えていたんだ」

しみじみと昔を思い出すような、そんな口調だった。

「でも、荷物を調べてみたら、狸は誰が寄付してくれたかをちゃんと書いていたし、集めた金額も合ってた。俺は、すごい間違いをしたんじゃないかって……空恐ろしくなった」

初代のぽんたは、そんなこともできたのか。

「で、書きつけとあいつが集めたお金を持って、急いで建長寺に行きました。あいつの最期を知らせたら、和尚さんは泣いてました」

狸が大好きな万拙和尚――か。

「和尚様は狸が人を騙してお金を集めたのを怒っていなかったの？」

「ちっとも。集めたのは狸ですが、お金は結局目的どおりに使われましたから、みんなの志は無駄になってないんで」

船岡はしみじみとした調子で首を振った。

「だからよけいに、あのときの、和尚さんの顔が忘れられないんだ。お経を上げる声が、何度も途切れて……」

そこで船岡は唇を噛み締めたようだった。

「そうだったのか……」

「とにかく、その罪の意識が俺の魂に染み込んでしまったんです。あのときから、俺はあいつを追いかけて、何度か生まれ変わってます。だけど、それにも疲れた……そうしたら、ここであいつに巡り合えたんだ」

がばりと立ち上がった船岡は、立ち尽くす悠人の両腕を掴んで取り縋った。

「俺はあいつに謝りたい。謝って、許してもらいたいんです」

船岡は真剣そのものだった、悠人は唇に手を当てて考え込んだ。

ぽんたがいくら切り替えが早いとはいえ、それとこれとは別問題だ。

切り替えたからといって、過去の一件を忘れ去っているわけではないだろう。

自分を殺した相手を、簡単に許せるだろうか。

船岡さえぽんたを殺さなければ、ぽんたは鎌倉に無事に帰って和尚様に会えたかもしれない。未練を長々と引きずる羽目にもならなかったかもしれないのだ。

「――たぶん、無理だ」

残酷だが、その事実を伝えておいたほうがいいと悠人はきっぱり言い切った。

「なんでですか⁉」

「ぽんたは、きっと船岡さんを怖がってる。昔みたいに、酷い目に遭わされるって思っているみたいだ。気持ちはわかるけど、ぽんたのことは忘れてあげてほしいんだ」

「それはできない」

今度は船岡に断言され、悠人は目を瞠った。

「どうして？」

理詰めで説得しているつもりなのに、通じないとは。

「今度の生まれ変わりが七回目です。俺は六回とも、あの狸に謝れなかった後悔だけは覚えてるんです。いつまでもいつまでも、狸に悪いことをしたって気持ちを抱えて、また生まれ変わる。過去を清算できないまま同じことを何度も繰り返すなんて、変になりそうだ」

それは確かに、しんどい。

志一稲荷のブランド狐が言っていた、生まれつきの重い荷物。彼にとっては、それは罪悪感だ。けれども、前世の因縁なんて、本人にはまったく落ち度のない話じゃないか。

「それ、ずっと……なの？」

「これまでそうだったなら、この先もそうだと思います」

抱え込んだ未練が解消されない限りは、幾度も生まれ変わりをリピートする。

悠人だったら、耐えられない事態だった。

「――ちょっと待ってて」

船岡を玄関に残して、悠人は開け放った戸から庭に出てみた。

畑にいるかと予想していたが、ぽんたの姿は見当たらなかった。

代わりに、リンリンとロンロンが畑の雑草を抜いていた。

「ぽんた?」

リンリンが振り返り、「かくれちゃった」とのんびりとした返事をする。

「隠れた?」

ということは、縁側の下だろうか。

縁側に近づいた悠人がその場に膝を折って、中を覗き込む。

すると、ふかふかの冬毛のしっぽが見えた。

「ぽんた」

「うう……けはいがする…のろわれしもののけはいが……」

ああ、やっぱり気づいていたのだ。

それでも聞いておかないのはフェアでないと思ったので、一応はぽんたの意向を尋ねてみた。

「この前の車夫さんが来てるんだ。ぽんたに謝りたいって」

「無理……です……目が、こわい……」

「だよね。じゃあ、帰ってもらうよ」

「はいい……」

ぽんたがほっとしたように答えたため、悠人は玄関に戻った。

悠人が一人で戻ったので、説明するまでもなくぽんたの気持ちは察したようだ。

「そう、ですか……会えないですか……」

がっくりと船岡は肩を落とす。

「小町通りで睨まれていたのが、相当怖かったみたい」

「ああ、俺、目が悪くて……」

船岡は頭を掻いたが、ここで眼鏡をかけたら？などという提案ができるわけもない。

「お邪魔して、すみませんでした」

「いえ」

船岡が門から出ていく姿を見届けて悠人は息をつく。

できればもう来ないでほしいが、それでいいのだろうか。

彼らは今回の生まれ変わりでは、絶対に和解できないのか？

何一つ変えられないまま、次のループに入るのだろうか？

そう考えると、人ごとなのに、喉の奥がぎゅっと痛くなった。

3

——だから、許してほしいんだ。

——許します。

キーボードでそんな文字を入力していた悠人は、そこで手を止めてしまう。

違う。そんなに簡単に、誰かが誰かを許せるはずがない。

前世なんてものを知らない悠人には、ぽんたの感情の重みを推し量れるわけがないのだ。

少しプロットに変更を加えて、ぽんたと船岡の関係を小説に落とし込んでみようと検討しているのだが、どうもしっくり来ない。

許すことと、許さないこと。

そんな関係が長く続いたら、何か化学変化が起きたりしないだろうか。

胸の中でぐつぐつと煮詰まった感情は、上手く蒸発するのか。あるいは、どろどろの煮こごりみたいになって、焦げついてしまうのか。

ぽんたは？　船岡は？

考えていると、次第に小説の内容で悩んでいるのか、それともプライベートの理由なのかわからなくなってくる。

「ごしゅじん！　たねまきするのです！」

階下から、ぽんたが声を張り上げた。

種蒔きを子供だけに任せると面倒な事態を招くため、悠人は腰を上げる。

サンダルを履いて庭に出ると、縁側で寝転んでいるロンロンはともかく、リンリンとぽんたは目をきらきらさせて悠人を待ち受けていた。

二人分の耳としっぽの影が、地面に落ちている。

「お待たせ」

ふかふかに耕した土に、指でぽすぽすと穴を開けていく。

これから蒔く種のパッケージの封を切り、数粒ずつぽんたとリンリンの小さな掌に載せた。

「じゃあ、この穴に種を一つずつ入れてね」

「はーい！」

小さな穴に、リンリンとぽんたが種を慎重に投入していく。

秋蒔きの種は、今回初めて挑戦するそらまめだった。

「大きくなるようにって念じながら蒔くんだよ」

「大きくなあれ！　大きくなあれ！」

二人が神妙な顔で手を合わせたとき、門のところに人影が見えた。

船岡だった。

一応は植木があるので、角度によっては門からでは死角になる部分がある。ぽんたたちの姿は、低い木で遮られているのだろう。

「……あの」

目が合ってしまったので、無視するわけにもいかずに仕方なくそちらへ向かう。

「こんなに天気がいいのに、お仕事は休み？」

悠人が聞くと、船岡は申し訳なさそうに頭を掻いた。

「気になることがあると、どうしても我慢できないタチで」

「それはかまわないけど……」

ちらりと背後に顔を向けると、ぽんたはもういない。

どうやら、船岡を見つけた瞬間に逃げ出してしまったようだった。

「やっぱり、だめみたい」

「そうですか……」

船岡は視線を落とすと、「チョコレート」と洒落《しゃれ》た包みを押しつけてきた。

「これは？」

「せめて、あいつに、食べてほしくて」

前回は手ぶらで来ていたので、今回は手みやげを持ってくる作戦を採ったようだ。

「これ、小町のお店だよね。嬉しいけど」

小町通りの有名店のチョコレートは、人気があるし高価なだけあっておいしい。

だが、それでぽんたの心が溶けるとは考えづらかった。

「現世であいつが楽しんでるってだけで、俺は……昔の俺は、安心するかもしれません」

「……わかった。渡しておくね」

悠人が仕方なく受け取ると、船岡はほっとした素振りで「どうも」と会釈した。

「じゃあ」

長居は禁物だと悟っているらしく、船岡は背を向けると、北鎌倉方面へ向かう坂を下っていく。

幸い、ぽんたは船岡を拒んでいるものの、再会した事実は運命として受け止めているようだ。必要以上に落ち込んだり、考え込んだりする様子は見られなかった。

それはたぶん、彼の目的が『いいこと』をする点にあるせいだろう。

それでも、船岡を許せない気持ちがくすぶるのは致し方がないと思う。

大嫌いな犬をけしかけられて、筆舌に尽くしがたい悲しみと恐怖を味わいながら、ぽんたは死んだのだ。

それを船岡の罪悪感を消すために許してやれというのは、部外者のエゴだった。

「はるとおにいちゃん？」

わざわざ門のところまでやって来たリンリンに問われて、悠人ははっと我に返った。

「あ、ごめん」

「おきゃく、かえった？　たねまき、つづき」

ぴくぴくとリンリンの耳が動いている。

「そうだね……ぽんた」

ぽんたを呼ぶと、縁側の下からぽんたがばつの悪そうな態度で戻ってきた。腹のあたりは枯れ葉がいっぱいついている。

「種蒔き、終わらせちゃおう」

「はい」

少しトーンダウンしたぽんただったたが、種蒔の続きを頼むと、すぐに気持ちを切り替えたようだ。

「これは、なにになるのですか？」

「そらまめだよ」

「そらまめ……」

あまり好きではないらしく、ぽんたは渋い顔だ。

「まあ、ほうれんそうや、こまつなよりましです……」

「そういうこと言う？　ほうれんそうも、小松菜も、僕たちに食べてもらうために頑張るんだよ。そんな顔しちゃだめ」

「はい」

ぽんたは神妙な面持ちで頷いた。


冬に向けた平穏な日々が続く中、船岡はすでに三回も北鎌倉に現れている。

手みやげも毎回違うものだった。

『日影茶屋《ひかげちゃや》』の『巻きどら』。これは甘みのある生地であんこをくるっと巻いたどらやきで、控えめな甘さがたまらない。

『鎌倉半月《かまくらはんげつ》』。いわゆるゴーフレットにクリームを挟み込んだお菓子で、パリパリ感に加えてなめらかなクリームをふんだんに味わえる。

そして『井上蒲鉾《いのうえかまぼこ》』店の『梅花《ばいか》はんぺん』。赤と白で愛らしい梅花のかたちに刳《く》り抜かれたはんぺんは、もっちりと弾力に富み、味わいはほんのり甘い。これに醤油をちょっとつけて食べるのがたまらず、酒の肴には最高の逸品だった。

正直、手みやげのラインナップとしてはかなりツボを押さえているが、かといって、ぽんたの頑なな心が溶けるわけでもないのは事実だった。

こちらの心の負債が増えるばかりなので、できたら和解して終わりにしてほしいのだが。

「二人のこと、どう思う？」

スマホ越しに羽山《はやま》に問いかけると、あっさりと返答があった。

『どうにもならないね、そういうのは』

これまでの経緯をちまちま説明しているので、羽山は二人の関係性は把握できていた。

そのうえで、さくっと一刀両断してくる。

「そうだけど、そこを何とか」

『おまえだって大人なら、わかるだろ？　取り返しがつかないことってどこにでもあるじゃないか。俺なんて、このあいだも誤植見逃して、大変なことになったし……』

付け足された羽山の台詞には、ものすごいリアリティがあって、さくっと心に刺さった。

「う。でも、何度もうちに来られると調子が狂うし、おみやげだっておいしいけどもらいっぱなしだと申し訳ないし」

『だからって、ぽんすけが嫌がる真似をしても仕方ないだろ？　幸いお互いに居場所がわかってるんだから、時間が解決するかもしれないしさ』

頭では理解できているが、ぽんたが折れない限り船岡がここに通うのかと考えると、さすがに落ち着かなかった。

『それより、原稿は？　そっちのほうが本題なんだけど』

「あ、ごめん。だいたい書き上がったんだけど、細かい齟齬《そご》があって直してるところ」

もっとも、それはそれで、どこまで修正すべきか加減が見えなくなる修羅の道だった。

『前世の因縁とすれ違いって、ベタだけど面白いよ。過去の因縁を吹っ切ってからどう生きるのかって、普遍的だけど落としどころによっては名作になるし』

ずしっとプレッシャーは覚えるものの、自分なりに手応えを感じる反応だった。

『来週にもらえると嬉しいんだ』

「たぶん平気」

『たぶんって？　どこか詰まってる？』

羽山の声が、いくぶんの緊張を帯びた。

「いや、明後日、法事で田舎に行くんだ。一泊だけど」

『ああ、そういうこと。三重《みえ》だっけ？　ぽんすけたちも連れていくのか？』

「まさか。で、こっちに泊まれないかな？」

『校了で無理。ぽんきちたちが心配なの？』

ぽんすけだのぽんきちだの、羽山はいろいろな愛称でぽんたを呼んでいる。

「うん」

『悪いけど、おまえがいないときは、あの子たちは庭で過ごしてもらっていいか？　家の中で何か起きても、警察も消防も呼べないだろ』

「だよね」

家主として、羽山がその判断を下すのは当然だった。仮に火事など起きても、一一九番もできないだろう。それは表向きは大人のロンロンも同じだ。彼は口ぶりは大人びているが、かといって、人間世界の常識を知っているかと言われれば別の問題だった。

『もともとは山の子たちだし、一日くらいなら外で大丈夫じゃないか？』

「……そうだね」

『とりあえず、来週中に一度、直した原稿を読ませてもらえる？』

「わかった」

こうして翌週には原稿を提出することを約束し、悠人は通話を終えた。

あの子に聞いてみようかなあ。

ふと思いついたのは、志一稲荷の狐のことだった。

「ごしゅじん！　ごしゅじん！」

階下からぽんたの声が聞こえてきて、窓の外に顔を出す。すると、ぴょんぴょん飛び上がって手を振るぽんたの姿が見えた。

「あ、ごめん……なに？」

「めがでました！　そらまめ、でています‼」

「早いね！」

このまま机にかじりついていても、解決方法はなさそうだ。

とりあえず、一度気分転換も兼ねて出かけよう。

買い物もしようと財布とエコバッグを手に取った悠人は、ジャケットを羽織った。

「ちょっと買い物行ってくる」

「いってらっしゃいませ〜！」

「いってらっしゃい」

ぽんたとリンリンに見送られて、ひとまずスクーターに跨がって家を出発した。

いつもだったら亀ヶ谷《かめがやつ》の切通《きりどおし》を通るのだが、今日は志一稲荷に寄るつもりだったので県道を進み右折する。

八幡宮の駐車場の脇にスクーターを停め、薄暗い石段を登る。

県道から五十メートルくらいしか離れていないのに、途端に自動車の走行音が遠のく。

足許に落ちた枯れ葉を踏みしめながら階段を上がっていくと、すぐに小さな社が見えてきた。

今日はいないのだろうか。

首を傾げたそのとき、「何か用?」という言葉が背後から聞こえた。

振り向くと彼女は着物姿で、ちゃんと羽織りも身につけている。

「あ、いや……えっと、久しぶりだし元気かなって」

「なあに？　狸のこと？」

ずばりと本題に斬り込まれて、悠人はびっくりしてしまう。

「え？」

「違ったの？　やだ、ごめんなさい」

悠人の反応から、それが本題でないと考えたようだ。

「いや、よく考えたら自己紹介とかしてなくて。僕は三浦で……ええと、その、君の名前を聞きたかったんだ」

「名前？　ないけど、どうして？」

勇気を出して尋ねてみたものの、予想どおりの結果だった。

「志一上人《しいちしょうにん》にもらった名前はないの？」

「それは私のものじゃないわ。いきなりどうしたわけ？　名前がなくても困らないけど」

「君はそうかもしれないけど、僕はあったほうが有り難いんだ。君をぽんた……あ、例の狸なんだけど、彼らにもいずれ紹介したいし」

「全然、話の流れが見えないんだけど」

合点がいかない様子で、彼女が一歩ぐいっと詰め寄る。

彼女は怪訝そうな面持ちで、悠人の表情を窺う。その澄んだ目は、どこか金色がかっていた。

「つまり、名前が無理なら、ニックネームをつけさせてほしいんだ」

彼女は腕組みをし、目線を中空に向ける。しばし考えたあと、仕方なさそうにため息をついた。

「いいわ。それが人間の流儀なら、仕方ないし。でも、ヨウコみたいな単純なものだったら、たたりがあるわよ」

物騒な台詞を言われて、つい、苦笑してしまう。

妖狐からの連想でいろいろな表記の『ヨウコ』は検討していたからだ。だけど、さすがにそれじゃひねりがなさ過ぎると、自ら却下したのだった。

「琥珀《こはく》、でどう?」

「琥珀? ええと、あの石のこと?」

「うん、狐の音から『コ』の音が入ってるといいなって。で、琥珀は長い時間を重ねてできる宝石だし、それに君の目の色に似てる。ぴったりだと思うんだけど……」

彼女はうつむき、いきなり、くるりと身を翻《ひるがえ》してしまう。

さらりとした長い黒髪が二つに割れ、見えたうなじが赤く染まっている。

怒っているのだろうか。

「ごめん……気に入らなかった? 別の名前、考えてこなかったんだ。次の候補は、また練ってくるよ」

急に気恥ずかしくなって、悠人は弁明の言葉を滔々《とうとう》と連ねる。

だが、そうではなかった。

「——悪くないわ」

「えっ」

「悪くないって言ったの」

押し殺した声が耳に届き、悠人は安堵《あんど》に胸を撫で下ろした。

「よかった……じゃあ、琥珀ちゃん」

「ちゃんとかやめてよ、子供みたいだから」

むっとした口ぶりは、いつもの彼女のものだった。

「本当は、そのぽんたとやらの話もしたいんでしょ？　鎌倉中で噂になってるわ」

「えっ、何が⁉」

「建長寺の狸、宿敵と再会するってね。今度こそ和解するかどうか、賭けをしてる連中もいるらしいわ。嘆かわしいったら」

そういえば、台湾リスの情報ネットワークはすごかった。ぽんたと船岡の件が、獣たちのあいだで取り沙汰されてもおかしくはない。

「琥珀はどう思う？」

「放っておいてもいいでしょ」

今回もどこか突き放したような返答で、悠人は拍子抜けしてしまう。

「そうなのかな」

「ここで出会うのは前世の因縁かもしれないけど、ぽんたとやらの未練は別のことじゃないの？　ただ、この先もまとわりつかれたくないなら、さすがにどうにかするほかないでしょ」

「ぽんたは、そこまで大人じゃないよ」

「心配しなくても、何度も生まれ変わってるんなら身に染みてるはずよ。因縁とか未練に引きずられるのが、どれほど大変か」

口を挟めずに、悠人はもごもごと口の中で返事をする。

「私は同じ自分のままで上人様に会いたいけど、いつか、その気持ちをなくす日が来るかもしれない。それでも私が私だと思えるなら、それでいい。だけど、ぽんたとやらはどうなのかしら？」

最後は自問自答に近いのかもしれない。

自分自身が確立し、考えがしっかりしているように見える琥珀であっても、時に揺らぐような儚さも持ち合わせているのだろう。

「ただの人間なのに、あなたはどうしてそんなにお節介をするの？」

そう、自分はただの人間だ。

だからこそ、何もできない自分がもどかしいのだ。

「僕はぽんたの友達だから、船岡さんにどんなに謝られたって、駕籠かきはぽんたを理不尽に殺した酷いやつだとしか思えない」

ぽんたが船岡を許す必要がないとさえ、思っている。

「でも、ぽんたが意固地になって船岡さんを許さなかったら、船岡さんは、いつか、ぽんたを恨むようになるんじゃないのかな。そうしたら今度は二人の関係が逆転して、また、つらいループが始まっちゃうかもしれない。それが、嫌なんだ」

小説家の妄想と言われればそれまでだが、追いかけっこは違う変奏曲を奏でるようになるのかもしれない。

「……そういう可能性もあるかも。でも、急に関係を変化させようなんて考えないほうがいいわ。何ごともゆっくりが一番よ」

「そうだね。しばらくは、ぽんたに成り行きを任せてみる」

お礼を言おうとして、代わりに、くしゅんとくしゃみが出てしまう。

気がつくと、陽当たりが悪い場所に留まっていたからか身体がずいぶん冷えていた。

「いつまでもこんなところにいたら、風邪引くわよ。帰ったら？」

「うん、ありがとう。お邪魔しました」

踵《きびす》を返そうとした悠人は、ふと、足を止める。

「よかったら、今度うちに遊びに来ない？　亀ヶ谷の切通のほうだよ。ぽんたと会うのが嫌じゃなければ、だけど」

「……私、そんなに縄張り広くないの。でも、どうしてもって言うなら、一度くらい行ってあげるわ」

「待ってるよ」

くるりと身体を一回転させると、琥珀は狐の姿になる。

「じゃあね」

彼女はあいさつを一つ残し、裏手の茂みに飛び込んでしまった。

4

玄関の鍵をしっかりかけ、悠人は振り返る。

ドアの前には、人型になったぽんた、リンリン、ロンロンが勢揃いしていた。

「じゃあ、行ってきます」

スーツの入ったバッグは少し重かったが、これくらいは仕方がなかった。

「今夜だけ家に入れないけど、ごめんね」

よろしく、と声をかけると、ぽんたは気にせぬ素振りで首を横に振る。

「いいのです。こよいはぽんたもるすです」

「え、何か予定があるの？」

それは初耳だ。

「ひとばんまるっと、かんなづきのまつりでございます！」

よほど嬉しいことらしく、ぽんたは声を弾ませた。

「神無月《かんなづき》って十月じゃ……ああ、旧暦のだね」

はい、とぽんたはにこにこと笑う。

「でも、ロンロンたちは？」

「俺たちは、祭りではなく台湾リスの集会がある。外様《とざま》には、神無月などという日本の習慣は関係ないからな」

「リスの集会？」

なんだか法事よりも彼らの集会のほうがずっと興味深く、思わず食いついてしまう。

「冬に向けて、餌場やねぐらの情報を交換する」

「なるほど。それを夜に開くの？」

「昼間に人間に見つかったら面倒だ」

ロンロンはつけ加える。

「ひるまはぼーるあそび、するの。リンリン、うまいんだから」

リンリンは両手でピンク色のビニール製のボールをぐいっと前に差し出した。

「それは賛成。たくさん遊んでね」

「うん!」

リンリンとぽんたのために、直径十五センチくらいの銀色のビニールボールをプレゼントしたのだ。獣の姿では使えないだろうが、庭の片隅なら、人型でそれなりに遊べるはずだ。ぶつかっても痛くないし、飽きるまで遊んでくれればいい。

「おみやげ、買ってくるね」

「いったいどのようなおみやげをいただけるのでしょうか。とってもとってもたのしみなのです!」

「おい、プレッシャーかけると可哀想だろ」

ロンロンが突っ込むが、ぽんたはうっとりとした様子だった。

「おみやげはきっと、あのくれえぷのようにおいしいにちがいありません……」

そこまで期待されてしまうと、悠人も本腰を入れておみやげ探しを頑張らなくてはいけなくなりそうだ。

しかし、地元の銘菓にそこまでぽんたを喜ばせるものがあっただろうか。

「とりあえず、行ってきます」

「いってらっしゃーい！」

「……いってらっしゃい」

二人とロンロンの声を背中に受け、悠人は特に何の心配もなく駅へと歩きだした。

北鎌倉《きたかまくら》の駅から横須賀《よこすか》線に乗り、大船《おおふな》で東海道《とうかいどう》線に乗り換える。法事とはいえ、久々の電車での旅だったので心が弾んだ。

ぽんたを一人で残してくるのであれば心配だけど、リンリンとロンロンがいる。

気づくと、鎌倉で始めたはずの一人暮らしが、いつの間にか一人＋三匹になりつつあった。ロンロンとリンリンは居候ではないが、冬が近づいているせいで、だいぶあの家に入り浸っている。

こんな生活を送るようになるとは、半年前の自分は思ってもみなかった。

電車の座席に寄りかかった悠人は、大きく伸びをした。


翌日。

北鎌倉駅で横須賀線の車両から下車した悠人は、一抹の疲労を感じていた。

法事は無事に終わったが、現段階でぱっとしない小説家の悠人にとっては、皆に心配されてなかなか居心地が悪かった。

それでも久しぶりにいとこたちに会えたし、気分転換になった。

何よりも、同世代とまともな会話をするのは新鮮で、ネタになりそうな気がする。

このところは同世代といっても、船岡や羽山くらいしか話し相手がいなかったせいだ。

つくづく、現実離れした生活を送っていると実感させられる。

「ふう……」

北鎌倉駅からここまではほぼ坂道の連続なので、おみやげが重いのも手伝い、自宅の門に辿り着いたときには完全に息が上がっていた。

おみやげは、親戚に聞いて近ごろ人気な季節のフルーツを包んだ大福を選んだ。

秋の限定品は栗クリーム大福だそうで、これならぽんたもリスたちも喜びそうだ。

ただ、一つ一つが悠人の握りこぶしくらいのサイズで、四つしか買ってないのにかなりの重量級なのは誤算だった。

それでも、家の門が見えてくると心が逸《はや》る。

「ただいま！」

鉄製の門を開けて、とりあえず、ぽんたたちがいるであろう畑方面に声をかけてみる。

予想外に庭はしんと静まり返っていて、返事がなかった。

もしかしたら、山に出かけたのかもしれない。——でも、嫌な胸騒ぎがした。

何かあったのか？

まさか、業を煮やした船岡が殴り込んできたとか!?

「ぽんた？　ロンロン……リンリン？」

声をひそめつつ呼びかけてみたが、返事はない。

どうしよう……。

彼らはちびっこなのだ。

獣だからと放って出かけてしまったのは、いけないことだったのかもしれない。

もちろん、『神無月の祭り』とやらで羽目を外して寝坊している——とかなら、それはそれで問題がないけれど。

掌にじっとりと汗が滲んでくる。

心臓がぎゅうっと痛い。

青ざめたところで、視線の端にさっと影がよぎるのがわかった。

つつじの茂みの向こうからそっと顔を出した子狸は、阿《おもね》るようにこちらを見つめている。

「……ぽんた！」

見るからに悄然とした様子のぽんたは、しっぽがだらりと垂れ下がっていた。

せっかく冬毛に生え替わったはずのしっぽなのに、心なしか毛づやも悪い。

「なに？　もしかして、具合悪い？」

「大変なのです……」

「えっ？」

「こちらへ」

急いで玄関の脇にリュックと保冷バッグを置くと、ぽんたの姿を追いかける。

「リンリンが怪我でもした？」

「いえ、あれを……」

ぽんたの指の先にあったのは、ぐしゃぐしゃに潰れてしまった畝《うね》だった。

「ど、どうしたの⁉」

よく見れば、畝は小さな獣の足跡で踏み荒らされており。発芽したばかりの新芽は、見事に踏み潰されていた。

狸やリス、人の手形や指のあともぺたぺたとそこら中につけられていて、まさに収拾がつかない状況だ。

「これ、誰かに襲われたの⁉　怪我はない？」

誰かに襲撃されたのを、ぽんたたちなりにリカバリーしたのではないか。

「……ふんでしまいました」

「……は？」

悄然と肩を落とすぽんたの姿に、むむっと悠人は眉をひそめる。

一瞬、意味がわからなかった。

踏んでしまったって、せっかく新芽が出ていたのに？

「ぼーるであそんでいたのです。そうしたら……」

と、そこに「おかえり」とロンロンがばつが悪そうに顔を出した。

「悪かった。二人が遊んでいるのを俺が見ていたんだけど、ボールが思いがけない方角に飛んでいったんだ」

はしゃぐ二人と、それを縁側で見守るロンロン。

「で、慌てて踏んづけてしまったと」

「ごめんなさい……」

幸せな情景は一転、焦ってなんとかしようとする三人。

それがよけいに畝をめちゃくちゃにしてしまった。

それらの光景が、まぶたに浮かんでくるかのようだった。

「ごめんなさい……ごしゅじんごめんなさい……」

ぽんたの反応から、その推理が合っているのだと理解する。

「………」

もちろん、ぽんたたちに怪我がなかったのであれば、それでいい。

子供の遊びに目くじらを立てることはない。

――でも。

「もし、僕が許さないって言ったら、どうするの？」

悠人は硬い声で尋ねた。

「あやまります！」

「それでも許さなかったら？」

「ゆるしてもらえるまで、あやまります」

「それでもだめだったら？」

ぐう、と短い声を上げ、ぽんたは無言になる。

「ぽんたがいいことをしなくちゃいけないって知っていても、毎日ぽんたが謝っても、絶対に僕が許さなかったらどうするの？」

「おい。帰ってくるなり、意地悪言うなよ。正直に告白しただろ」

まるで助け船を出すように、ロンロンが口を挟んだ。

なおもぽんたが沈黙するので、彼は仕方がなさそうな顔つきで続けた。

「確かに一生懸命やったことをめちゃくちゃにされたら、怒るのはわかる。だが、日にちが経てばそういう気持ちって薄れるものだろう？　それをいつまでも根に持たれたらこちらも嫌になるし、あんたを嫌いになるかもな」

「ぽんたもそう？　僕があんまり頑固だったら、ぽんたはいつか、僕が嫌いになって、恨むかもしれないよね」

　悠人が畳みかけると、ぽんたははっと顔を上げた。

　答えられないぽんたのしっぽが、ゆらゆらと左右に揺れている。

「そうしたらまた、ぽんたは恨んだり恨まれたりっていうのに巻き込まれちゃうんじゃないかな」

「うらんだり、うらまれたり……」

　どよんとした声で、ぽんたがそうつぶやいた。

「あ、あのね、リンリンもわるいの……リンリンもあやまるの」

　おずおずとロンロンの背後から顔を覗かせたリンリンは、しょんぼりと肩を落としてしっぽも垂れてしまっている。

「ぽんたをゆるしてあげて」

　そこまで懇願されれば、さすがにこのやりとりを続けるのは無理だった。

　何よりも、これ以上ぽんたを追い詰めたら、大変なことになるかもしれない。

「ごめんね、ぽんた。帰ってくるなり、難しいことを聞かれても困るか」

「そう、なのです」

　ぽんたはどこかほっとしたように表情を緩め、悠人を見上げた。

「おいしい大福を買ってきたんだ。みんなでお茶にしよう」

「だいふく！」

その言葉を聞いた途端に、垂れ下がっていたぽんたのしっぽがしゃきんとする。

「どうかな?」

「うれしいです！　たのしみです！」

「そうだね。それで明日は畝を元に戻そう。リンリンは手を洗ってね」

「はーい」

リンリンとロンロンが先に屋内に向かったので、悠人はぽんたに「行こう」と促した。

「……はい」

ぽんたは頷き、それから、しんみりと口を開いた。

「――ごしゅじん」

「ん?」

「うらまれたり、きらわれたりするのは、こわいです」

まるで、湖面のように静かな声だった。

「そうだね」

「でも……」

そのあとに続く言葉は、だいたいの想像がついた。

「ぽんたの言いたいことは、たぶん、僕にもわかるよ。ぽんたが和尚さんに会えなくなった張本人なのに、許せって命令されても、無理なものは無理だよね」

「……はい」

「だから、一つだけ僕にとっていいことをしてくれる？」

「いいこと⁉　何でございますか？」

「今思いついたんだけど、船岡さんを呼んで、一度だけ一緒にごはんを食べない？」

「えっ」

そこでぽんたが硬直し、ぴたりと立ち止まった。

「あっちは、それで気が済むかもしれない。もしそうだったら、僕も安心できる」

「ふえぇ……」

「少なくとも、同じ食卓でごはんを食べられるなら敵じゃないってことだ。テーブルの端っこと端っこなら、話をしなくてもいいだろうし」

ぽんたがせめて敵ではないと認識してくれれば、船岡もそれで納得するのではないか。

「……かんがえておくのです」

ぽんたはこくんと頷いた。

即答で断るのでなければ、まだ脈がある。

それに、じっくり考えて出した結論を聞かせてくれたほうが、悠人も納得できるはずだった。

5

「おはよ」

とある日曜日。

バゲットの入った袋を手に、カジュアルなジャケットを羽織った羽山は欠伸をする。

「おはよう。早いね」

「だって、集合十一時じゃん。めちゃくちゃ眠いよ」

「子供がいるとどうしてもランチになるからさ」

「そっか。はい、これ」

渡されたのは、『鎌倉利々庵《かまくらりりあん》』の袋だった。鎌倉駅の西口は御成通りといって昔ながらの商店が並び、その裏道に位置するパン屋は、地元民に人気がある。

「たぬきとリスだから、硬度は大丈夫じゃないかなあ」

そんな話をしながら、羽山はドアを閉めかけて「わっ」と小さく声を上げた。

ドアホンを鳴らさずに、誰かが片足を突っ込んできたからだ。

「いてて……すみません。おはようございます」

のそっと顔を見せたのは、船岡だった。

「え、この人、誰？　おっきいし、化け熊とか？」

自分よりもだいぶ体格がいい船岡を見て、羽山は目を丸くしている。

「人間です」

どこか無愛想な船岡に、羽山はさらに驚いた様子だった。

「悠人、今度こそこっちに友達できたの？」

これまで紹介した相手は三人とも獣なので、羽山は全員が動物でないかと考えているようだ。

「あ、いや……友達っていうよりも、謝罪のために来たんです」

「謝罪って、ああ……もしかして、ぽんすけとは因縁の間柄の？」

さすが編集者だけあってか、羽山は洞察力が凄まじい。

「はい。今は人力車引いてます」

「だから体格いいんですね。俺、ここの家主の羽山です。よろしく」

もうすっかり自分を取り戻し、羽山はにこっと人懐っこい笑みを浮かべた。

「オーブン使うんだよね。予熱しておいたほうがよかった？」

「今からで大丈夫です。そんな丁寧な料理でもないんで」

「それなら、台所はこっちだよ」

羽山は無視してもいいと判断し、悠人はコートを預かってから船岡に洗面所と台所の位置を教えた。

手を洗ってから台所にやって来た船岡は自分の荷物を広げ、黒いデニムのエプロンをかける。

「じゃあ、お借りします」

「足りないものあったら、言ってね」

「はい」

悠人がおつまみになるオリーブやら何やらを準備し始めると、船岡は真っ先に天板にアルミホイルを敷いた。これはおそらく汚れ防止だろう。アルミホイルを天板に沿わせて、几帳面に折り曲げていく。

それから、船岡は手際よく持ってきた野菜を洗って水切りし、ざくざくと切り始めた。

緑のピーマン。赤や黄色のパプリカ。

かぼちゃ、じゃがいも、にんじん。たまねぎ。じゃがいもは普通の白や黄色のものだけでなく、赤いものもあった。

それらの野菜を天板にどさどさと置いていく。

「花畑みたいだ」

「えっ」

「あ、声かけちゃいけなかった?」

「いや、可愛い喩《たと》えだなって思いました」

照れ笑いを浮かべた彼が銀色の保冷袋から出したのは、パッケージに入ったままの手つかずのベーコンの塊だった。

「うわ、すごい。これ、『鎌倉ハム』?」

「はい。悩んだけど、これ、一番鎌倉らしいかなって」

鎌倉ハムのベーコンといえば、贈答品にも使われる高級品だ。もちろん、悠人には手が出ない価格帯だった。

まずは野菜を洗い、彼はざくざくと切っていく。

「手際いいなあ」

思わずそうつぶやいてしまう。

「料理、結構好きなんで」

てらいなく言い切った船岡は、オリーブオイルをどばどばと豪快に注いだ。

「そのじゃがいもは?　珍しいね」

切り口が赤みがかったじゃがいもがあったので、思わず尋ねてしまう。

「ノーザンルビーです。見た目も華やかで、珍しいから」

話しながらも塩胡椒で大胆に味つけし、やはり持参したローズマリーを散らす。

なんていうか、こういう料理も派手でダイナミックでかっこいい。

「これで、あとは焼くだけです。足りなければ、各自味を足してもらって」

「この料理、名前は?」

今日は人数も多いし、これくらいの物量でも食べ切れるだろう。

「ぎゅうぎゅう焼きっていうらしくて、ネットで見かけて……。味はそのままでもいいし、醤油でもポン酢でも、バルサミコでも」

彼はそう言うと、バッグの中からバルサミコ酢の瓶を取り出した。

「見た目からして豪華だし、すごくきれいでおいしそうだもん。これならぽんたも喜ぶよ」

「——あの」

船岡は真顔になる。

「今日はありがとうございます」

「ごめん、ぽんたはまだ……」

「わかってます。許してもらえないのは知っていても、チャンスがゼロなのと一なのでは全然違う。今回はだめでも、次は許してもらえるかもしれないから」

「うん」

悠人は頷きながら、船岡のためにオーブンの扉を開ける。彼は慎重な手つきで天板を入れると、扉を閉めた。

「だいたい二十分くらいだと思います」

パネルは代わりに悠人が操作した
「了解。調味料、外のテーブルに運んでおこうか」

「はい」

船岡は神妙な顔つきで返答し、悠人の後ろに続いて部屋を出た。

外にはバーベキュー用のプラスチックテーブルをセットしてある。これもまた、物置にしまい込まれていたものだ。椅子も不揃いながら、何とか人数分確保してあった。テーブルがそう高くないから、いざとなれば、大人は縁側に座ってもいい。

縁側では、リス型になったロンロンが（おそらく）憮然とした様子で羽山の手業《てわざ》に耐えている。具体的に言うと、彼がわしわしとしっぽを撫でているのを我慢しているのだ。

「うーん、もふもふ」

「何やってるの？」

羽山は可愛いもの好きだけに台湾リスも触りたくてずっと我慢していたに違いなく、今はすっかり口許を緩めてにやけている。

「家主の特権として、家賃を徴収してる」

「俺は住んでるわけじゃない！」

ロンロンは反発したが、入り浸っている自覚はあるらしく、逃げようとはしなかった。

同じく、ぽんたとリンリンも獣の姿で順番を待っており、縁側に敷いた一枚の座布団を分け合っている。

「あ、そうだ。悠人」

ロンロンを愛でつつ、羽山が振り返った。

「ん？」

「原稿のことなんだけど、ちょっといい？」

そのときだ。

さあっと上空に黒い影が過《よぎ》った。

「ん？」

思わず顔を上げた次の瞬間、それは縁側に急降下してくる。

鴉！

「ッ」

羽山の手から脱出したロンロンは、とっさに、リンリンに覆い被さった。

だが、鴉の狙いは違っていた。

鴉の鋭い爪は、真っ直ぐぽんたに向けられていたのだ。

ぽんたは恐怖からか、完全に硬直している。

「危ないっ‼」

はっとした羽山が慌ててぽんたに手を伸ばしたが、間に合わなかった。

鴉はぽんたの首根っこをぐっと掴み、再び上空へ飛び立つ。

「ぽんた！」

「ごしゅじーん！」

呪縛が解けたようにぽんたがじたばたと両肢を振るが、子狸の姿ではろくな抵抗にもならない。

と、悠人の後ろにいた船岡が、いきなり縁側に飛び出す。外に置いてあったつっかけを履くと、鴉の後を追って猛然と走りだした。

大きな体格からは想像もつかない敏捷さで、悠人はびっくりしてしまう。

「船岡さん！」

少し離れた枯れ枝の狭間に、黒いものが見える。おそらく、あれが鴉だ。

山中でかなり高いところに片足で止まっているらしく、悠人は全身から血の気が引くのを実感した。おそらく、ぽんたをもう一方の足で掴んでいるのだろう。

「どうしよう……」

石……いや、ボールでもぶつけて、ぽんたを放すように攻撃するべきだろうか。だけど、自分の遠投能力にそこまで自信がなかった。

かといって、何もしないでいたら、ぽんたを連れて遠くまで飛び去ってしまうかもしれない。

「任せろ」

今度は、茶色い影が縁側から飛び出した。

「ロンロン！」

台湾リスの姿になったロンロンは、振り向かずに素早く裏山に一番近い庭木を駆け上る。彼は枝から枝に飛び移り、あっという間に姿が見えなくなった。

「おにいちゃん……」

リンリンが心配そうにつぶやく声を背に、悠人も遅れて彼らを追いかけた。

この家の裏山はハイキングコースになっており、斜面は開けている。整備された道を走っていると、すぐに、船岡の派手なシャツが見つかった。

鴉の鳴き声があたりに響く。

もしかしたら、仲間を呼んでいるのかもしれなかった。

「あっ」

いた！

鴉はまだ移動しておらず、足許に濃い茶色いものが見えた。ぽんただった。

「はわわわわわ」

ぽんたの声が、頭上から微かに聞こえてくる。

と、その枝ががさがさっと揺れ、次の刹那、鴉に何かが飛びかかった。

紛れもなく、ロンロンだった。

木の下には、すでに船岡が辿り着いて頭上を見上げている。

あまり人がたくさんいても、鴉が警戒して飛び立ってしまうかもしれないと、悠人は少し離れたところで息をひそめた。

鴉はまだ、ぽんたを放してはいない。

「あっ」

鬱陶しそうに首を振った鴉のくちばし攻撃にバランスを崩したのか、ロンロンが枝から落ちた。だが、数メートル落下したロンロンの身体は木の枝に引っかかり、彼はもう一度、諦めずに幹を駆け上がる。

自分の力を誇示するように鳴く鴉の隙を突いて、ロンロンが二度目の体当たりをした。

ぎゃあっと鴉が一声鳴いたそのとき、茶色いものがぽろっと落下した。

「ぽんた！」

だめだ、あれじゃ……落ちる！

鴉の鉤爪《かぎづめ》から離れたぽんたが、真っ逆さまに転落する。

どこかの枝に引っかかってくれるかと思ったが、絶妙に隙間を縫っていて。

「ひゃあああああああ」

「大丈夫だ、来い！」

根元に立つ船岡が広げていたのは、デニムのエプロンだった。

空中でじたばたともがくぽんたの動きは、まるでスローモーションのように見えた。

「！」

船岡が精いっぱい伸ばしたエプロンに、ぽんたが真っ直ぐに落っこちた。

すかさず、彼がエプロンごとぽんたをぎゅっと抱き締める。

「ぽんた!!　船岡さん！」

数メートル先にいる二人のところに慌てて走っていくと、ほっとしたような顔で船岡が振り返った。

「キャッチ、できたんで」

エプロンを大事そうに抱え、船岡が言う。

「ありがとう！　本当に、ありがとうございます！」

エプロンを開くとぽんたは目を回しているようでへたりとしていたが、首に手を当てると脈はあった。

「ぽんた。ぽんた！」

呼びかけると、すぐにぽんたが「ふええ」と弱い声を出した。

「ごくらくじょうど……？」

「違うよ。鎌倉だよ」

「よかった……」

ぽんたはつぶやいて、すり、と船岡の腕に顔を擦りつける。

「！」

驚いたように船岡が硬直した。

まるでびしっと音がするかのような、顕著な反応だった。

急に意識がはっきりとしたのか、ぽんたは目を開けると、あわあわと前肢をばたつかせる。

「ちがうのです……これは……」

「何が違うの？」

もしかしたら和解のきっかけになるかもしれないと、つい、尋ねてみる。

しばらくぽんたは黙り込んでいたが、意外にも、船岡の手から逃れようとはしなかった。

そして、意を決したように顔を上げて船岡を見つめる。

「――どうして、たすけたのですか？」

「えっ？」

予想外の問いに、悠人と船岡はきょとんとしてしまう。

ざわざわと風が吹き抜け、葉を落とした枝を揺らす。

「ぽんたは……ぽんたは、かごかきをゆるせない、悪いたぬきです」

「俺は、それくらい酷い仕打ちをしたから……」

船岡は唇を噛んだ。

「……こわいのです」

なぜだか、ぽんたの真っ黒な両目から涙が溢れ出した。

「ぽんた……」

「かごかきの持ってくるおかしは、おいしいです。ゆるしてもらえなくてつらいのも、わかります。ぽんたも、いいことをしないと、ゆるしてもらえない……。かごかきをゆるすのは、きっといいことです。でも」

そこでぽんたは言葉を切る。

「ここのくらしは、とても楽しいです。かごかきもやさしいし、もう、むかしのことだから……わすれられる気がします。でも……でも、そうしたらおしょうさまは？」

「え」

「わすれたと思っていたかごかきのこと、ぽんたはおぼえてました……だけどきっと、ここでゆるしたら、つぎのぽんたはかごかきをわすれる。ぽんたがここでまんぞくしたら、そのうち、おしょうさまのことも、わすれてしまうかもしれません……」

そうか。

頑《かたく》なまでにぽんたが船岡を許さなかったのは、そんなところに理由があったのだ……。

ぽんたにとっては、和尚様との思い出は失いがたいものなのだ。

仇敵と許し合い、ここで幸せになれば、たとえ和尚様に再会できなくても、ぽんたの未練は解消されるかもしれない。そうしたら、次に生まれてくるぽんたは和尚様を忘れているかもしれない。それが怖いのは、ぽんたが和尚様を大好きだからで。

「たぶん、それでいいんだよ」

何も言えない船岡の代わりに、悠人は精いっぱい優しい声で告げた。

「ええと……僕は、友達や家族が今を一生懸命生きられなかったら、淋しいよ。過去に縛られて自由になれないのを見るのは、とても悲しい」

「悲しい……」

「うん。そんなぽんたを見たら、和尚さんはものすごく悲しむんじゃないかな」

ぽんたは目を瞠った。

「和尚さんは、ぽんたが今を大事にしてくれたほうが、嬉しいと思うよ」

これまでと違う方向に進むのは、本当は誰だって怖い。

だけど、それを恐れていては、どこにも行けなくなってしまう。

行き止まりの人生は、何よりも淋しい。

「だって、ぽんたが今、すごく幸せってことだよね？」

「はい……」

「だったら、僕がもし和尚さんだったらすごく嬉しいよ。ぽんたが幸せになれたんだもの。自分がそばにいなくても……自分を忘れられても、とても嬉しいよ」

ぽんたは黙り込み、その言葉を反芻しているようだった。

「ぽんたは、これからは、自分の好きな方向に進んでいいんだよ」

「好きな、ほうこう……」

ぽんたは掠れた声で繰り返す。

「――ぽんたのこの先は、ぽんたが決めていいのですね……」

「そうだよ」

ぽんたはゆっくりと、一つ一つの言葉を確かめるように紡ぐ。

「それはおしょうさまにとってもうれしくて……それが、ぽんたのできるいいこと、なのですね……」

「そういうこと」

ぐずぐずっと船岡のTシャツで涙を拭いたぽんたは、次の瞬間にはだいぶ晴れやかな顔をしていた。

「……わかったのです」

「本当に？」

「いまはおなかがすいたのが、わかったのです！」

ぽんぽんとお腹を叩き、少し照れくさそうにぽんたは言う。

「そうだね。みんなで、一緒にごはんを食べよう」

「はい」

それからぽんたは身動ぎすると、船岡の腕から抜け出す。

「ぽんたは、先に行くのです」

「！」

船岡が声を上げる間もなく、ぽんたはぴょんぴょんと走り去ってしまう。

どこか名残惜しげに、困ったような面持ちで、船岡はぽんたの背中を見送っていた。

悠人は船岡の固い背中を、促すように叩く。

「あれは、平気だよ。たぶん照れ隠しだから」

「ありがとうございます」

深々と頭を下げられたが、悠人としては何か特別なことを成し遂げたつもりはない。

「僕は何もしてないよ」

「でも、きっかけは作ってもらえました。これで、きっと……俺の魂も先に進めます。別のものを見られるはずだから」

「うん。じゃ、そのためにも腹ごしらえしようよ」

「はい！」

今まで聞いた中で一番威勢のいい船岡の声に、悠人はついつい噴き出した。


「遅いわ」

羽山家に戻ると、縁側では腕組みをした琥珀が待ち受けていた。

普段着の着物姿で、おめかしなのか、頭には赤いリボンをつけている。

「琥珀⁉」

「悠人、この子誰……？　ちょっとよくわからないことばっかり言われて」

完全に困惑した様子の羽山に問われ、琥珀はつんとそっぽを向く。

「この人、地元民なのに志一上人を知らないの。もぐりなんじゃない？」

「ああ……」

おそらく、遊びに来た琥珀は羽山と噛み合わないやりとりでも繰り広げたのだろう。

想像がつく。

「この子は、狐だよ」

「狐⁉　おまえ、交友関係広すぎない？」

羽山が目を丸くするが、驚くべきところはそこだろうか？

「たまたま通りかかったら、今日は集まってるみたいだったから……お邪魔しようと思ったんだけど、いけない？」

たまたま？　琥珀の縄張りはそんなに広くないそうだけど北鎌倉まで？

そんな疑問がよぎったが、十中八九、どこかの動物に情報を聞いて押しかけてみたのだろう。

もちろん、いつだって歓迎だ。

「いけなくないよ。おあげはないけど、いい？」

「仕方ないわね」

いつの間にか台所に上がっていた船岡が、あつあつの天板を持って外にやって来る。

「できましたよ」

「あら、いい匂い」

羽山がセッティングしてくれたらしく、バーベキュー用のテーブルの上には、お皿やフォーク、グラスなどが並べられていた。

「わあ……」

リンリンとぽんたが歓声を上げる。

色とりどりの野菜が載ったぎゅうぎゅう焼きは、華やかでとてもおいしそうだ。

「素敵」

琥珀もどこかうっとりとした目で、それを見つめている。

これはまるで、宝石箱だ。

「これはビールが進みそうだ」

羽山が嬉しそうに言う。

「今日はかなりうまそうにできました」

皆の称賛を浴び、船岡もどこか得意げだ。

秋の陽射しを浴び、人間のかたちになったぽんたたちはそれぞれに椅子に腰を下ろす。

「さあ、召し上がれ」

フォークと取り皿を手にした子供たちが、楽しそうにそれぞれのお皿に野菜やベーコンを取り分けていく。それを見ながら、悠人は羽山のグラスにビールを注いでやった。もちろん、船岡のグラスにも。

動物組には、りんごジュース。

「乾杯しよう」

悠人の提案に対し、船岡が戸惑った様子で顔を上げる。

「何に?」

「えっと……つまり、この佳《よ》き日に」

「そりゃいいな」

羽山が破顔し、三人はグラスを合わせる。すると、子供たちとロンロンが自分たちのグラスを手に取って、もう一回乾杯をねだった。

リンリンに見つめられ、琥珀も仕方なさそうにグラスを上げる。

「かんぱーい！」

秋の空の下、七人での乾杯の音頭が響き渡った。

「いただきまーす」

うきうきしながら、まずはじゃがいもを口に運ぶ。焼けたじゃがいもはほくほくで、オリーブオイルの香りが強い。味つけはシンプルな塩胡椒とローズマリーだが、素材の味が生きている。

「おいしい！　琥珀、どう？」

「私？」

羽山とぽんたに挟まれるかたちで座った琥珀は、きょとんとした面持ちだった。

「ほら、普段、おあげばっかり食べてるから」

「おあげは完全食なのよ。でも、これもとてもおいしいわ。ちょっと熱いけど」

「ふーふーしてからたべるの」

リンリンの愛らしいアドバイスに、琥珀は「わかったわ」と微笑む。

ぽんたは赤、黄色、緑と色とりどりの野菜を並べてリンリンに見せている。

三対四で動物のほうが多い、不思議なパーティだった。

「あ、そうだ」

ぎゅうぎゅう焼きを取り分ける子供たちを見ながら、羽山が出し抜けに口を開く。

「ん？」

「原稿すごくよかったから、一度改稿してもらってから校正に出したいんだ」

羽山がにこやかにそう言ったので、悠人は目を丸くした。

「ほんと⁉」

「嘘ついてどうするんだよ」

「よかったあ……」

嬉しくなった悠人は、ぐいっとビールのグラスをあおる。

「ねえ、この人はどういう小説を書いているの？」

「本人に聞いたら？」

「客観的な意見が聞きたいの」

琥珀に問われて、羽山は「ええっと」と説明を始める。

それを微笑ましく見守りながら、悠人はぽんたに視線を向けた。

「ぽんた、どう？」

「なにもかもが、おいしいのです……」

「よかった」

感動に打ち震えるぽんたに対し、微笑みかける。

「おいしいものを食べる……これが、今を楽しむ……」

りんごジュースを飲んで一息つき、ぽんたはどこかうっとりとした顔つきで笑う。

「そうだよ、ぽんた。こうやってみんなで楽しく過ごすのも、いいことじゃない？」

みんな、と言われたぽんたは食卓のメンバーを順繰りに見回し、そして大きく首を縦に振った。

「わかります‼　これは、とっても、とっても、いいことなのです！」

目を細めて笑うぽんたがとても可愛くて、悠人は彼の頭をぐりぐりと撫でた。

「北鎌倉の豆だぬき　売れない作家とあやかし四季ごはん」参考文献

「書籍」

「鎌倉の地名由来辞典」三浦勝男（編集）二〇〇五年、東京堂出版

「知れば楽しい古都散歩鎌倉謎解き街歩き」原田寛　二〇一四年、実業之日本社

「パンフレット」

「建長寺」大本山　建長寺（編集）二〇一〇年

本書は書き下ろしです。

SH-054

北鎌倉の豆だぬき

売れない作家とあやかし四季ごはん

2020年10月25日　第一刷発行

著者　和泉《いずみ》 桂《かつら》

発行者　日向晶

編集　株式会社メディアソフト

〒110-0016

東京都台東区台東4-27-5

TEL：03-5688-3510（代表）/ FAX：03-5688-3512

http://www.media-soft.biz/

発行　株式会社三交社

〒110-0016

東京都台東区台東4-20-9　大仙柴田ビル2階

TEL：03-5826-4424 / FAX：03-5826-4425

http://www.sanko-sha.com/

印刷　中央精版印刷株式会社

カバーデザイン　長崎 綾（next door design）

組版　大塚雅章（softmachine）

編集者　長塚宏子（株式会社メディアソフト）

菅 彩菜、川武當志乃、印藤 純（株式会社メディアソフト）

ISBN 978-4-8155-3525-4